दुर्गादास
(ऐतिहासिक उपन्यास)

दुर्गादास

ऐतिहासिक उपन्यास

प्रेमचन्द

वाणी प्रकाशन ग्रुप
भारतीय ज्ञानपीठ
वाणी प्रकाशन : भारतीय ज्ञानपीठ की पुस्तकों के एकमात्र प्रकाशक एवं वितरक

लोकोदय ग्रन्थमाला : ग्रन्थांक 1058

तीसरा संस्करण : 2020
चौथा संस्करण : 2022
पाँचवाँ संस्करण : 2025

वाणी प्रकाशन : भारतीय ज्ञानपीठ की पुस्तकों के एकमात्र प्रकाशक एवं वितरक

वाणी प्रकाशन
4695, 21-ए, दरियागंज, नयी दिल्ली-110 002
दूरभाष : 011-23273167, 23275710
ईमेल : sales@vaniprakashan.in
www.vaniprakashan.com

ISBN : 978-93-7112-793-6

मूल्य : ₹ 325

दुर्गादास
(ऐतिहासिक उपन्यास)
प्रेमचन्द

DURGADAS
(Historical Novel)
by Premchand

मुद्रक : आर. टेक ऑफ़सेट प्रिंटर्स, दिल्ली-110 032

प्रेमचन्द का उपन्यास—'दुर्गादास'

'दुर्गादास' प्रेमचन्द का ऐसा उपन्यास है जो सन् 1915 में एक बार सचित्र प्रकाशित हुआ। यह उपन्यास मुख्यतः स्कूलों में पढ़ने वाले बालक-बालिकाओं के लिए लिखा गया था। अपने इस उपन्यास द्वारा प्रेमचन्द तद्‌युगीन बालक-बालिकाओं के मन में स्वामिभक्ति और देशप्रेम का भाव जगाना चाहते थे और वे इसमें पर्याप्त सफल भी हुए।

'दुर्गादास' की भूमिका प्रेमचन्द ने स्वयं लिखी है जो अविकल रूप में यहाँ दी जा रही है—

"बालकों के लिए राष्ट्र के सपूतों के चरित्र से बढ़कर उपयोगी, साहित्य का कोई दूसरा अंग नहीं है। इससे उनका चरित्र ही बलवान नहीं होता, उनमें राष्ट्रप्रेम और साहस का संचार भी होता है। राजपूताना में बड़े-बड़े शूरवीर हो गये हैं। उस मरुभूमि ने कितने ही नर-रत्नों को जन्म दिया है, पर वीर दुर्गादास अपने अनुपम आत्म-त्याग, अपनी निःस्वार्थ सेवाभक्ति और अपने उज्ज्वल चरित्र के लिए कोहनूर के समान हैं। औरों में शौर्य के साथ कहीं-कहीं हिंसा और द्वेष का भाव भी पाया जाएगा, कीर्ति का मोह भी होगा, अभिमान भी होगा, पर दुर्गादास शूर होकर भी साधु पुरुष थे। इन्हीं कारणों से हमने वीर-रत्न दुर्गादास का चरित्र बालकों के सामने रखा है। हमने चेष्टा की है कि पुस्तक की भाषा सरल और बामुहावरा हो और उसमें बालकों की रुचि उत्पन्न हो। —प्रेमचन्द"

प्रेमचन्द को पढ़ने वाले पाठक जानते हैं कि उन्होंने उपन्यासों और कहानियों में परिच्छेद देने की नयी शैली को जन्म दिया, प्राय: तारतम्यता और बिलगाव की पाठकीय माँग को उन्होंने मनोवैज्ञानिक ढंग से पूरा किया। प्रेमचन्द जैसा अन्वय तथा व्यतिरेक का ज्ञाता द्विवेदी युग में कोई दूसरा नहीं था। 'दुर्गादास' में उनके इस प्रयोग-चातुर्य के उदाहरण अप्राप्य नहीं हैं।

'दुर्गादास' एक ऐतिहासिक उपन्यास है। इसके पात्र, स्थान, स्थानों के बीच की दूरियाँ सभी भौगोलिक और ऐतिहासिक हैं।

'दुर्गादास' के रचनाकार के बारे में भी कुछ जानना ज़रूरी है। सन्दर्भ ऐसे मिलते हैं कि प्रेमचन्द ने 'दुर्गादास' उपन्यास का लेखन सन् 1910 में किसी समय किया था और सन् 1915 तक इसका प्रकाशन भी हो चुका था। यद्यपि प्रेमचन्द ने न प्रकाशन का नाम दिया और न ही भूमिका लेखन की तारीख दी। लेकिन सम्भावना ऐसी की जाती है कि धनपतराय अथवा नवाबराय को 'प्रेमचन्द' नाम 'ज़माना' पत्रिका के सम्पादक मुंशी दयानारायण निगम ने दिया। निगम साहब ज़माना का सम्पादन-प्रकाशन और मुद्रण कानपुर से करते थे। उन्होंने ही अपने मुद्रणालय से 'सोज़े वतन' कहानी-संग्रह छापा था। 'सोज़े वतन' में प्रकाशन गृह का नाम नहीं दिया गया था। 'सोज़े वतन' में एक कहानी थी 'दुनिया का सबसे अनमोल रतन'। कानपुर के अंग्रेज प्रशासकों को लगा कि यह अंग्रेज़ी सरकार के विद्रोह में लिखा गया है। कुछ कहानियों के लेखक धनपतराय और कुछ के लेखक नवाबराय हैं। जिला कानपुर कलक्टर ने लेखकों का पता लगाने के लिए सी.आई.डी. पुलिस लगा दी। सी.आई.डी. की रिपोर्ट से ज्ञात हुआ कि धनपतराय और नवाबराय एक ही व्यक्ति हैं और ऊपर से सरकारी मुलाजिम भी हैं।

उसी रात 'सोज़े वतन' की सारी प्रतियाँ ज़ब्त कर ली गयीं।

संयोग से कुछेक प्रतियाँ जो बाहर चली गयी थीं, मात्र वे ही बचीं जो भारतीय आज़ादी के बाद सामने आयीं और ज़ब्तशुदा लेखन के तहत प्रकाशित की गयीं।

धनपतराय (प्रेमचन्द) उस समय अंग्रेजी मदरसों के छोटे इंसपेक्टर थे। उन्हें कानपुर के कलक्टर के सामने पेश किया गया और कुछ धमकियों के बाद कहा गया कि—अब से जो भी लेखन करोगे पहले कलक्टर बहादुर को दिखलाओगे और आज्ञा मिलने के बाद ही शाया कराओगे। इस आदेश के साथ ही उनका तबादला हमीरपुर (राठ) कर दिया गया। धनपतराय के ऊपर मानो वज्रपात हो गया। वे उसी दिन देर शाम 'ज़माना' के प्रकाशक मुंशी दयानारायण निगम के पास गये और अपनी सारी पीड़ा उड़ेल कर रख दी। निगम साहब ने सान्त्वना दी और सलाह दी कि वे 'प्रेमचन्द' के नाम से लिखें।

नवाबराय द्वारा चुनार किले के सुधार-गृह बन्दियों को पढ़ाने की कहानी भी दिलचस्प है। यानी जाड़े का मौसम था। नवाबराय और घर के लोग कई दिनों से भूखे थे। पैसे का कोई प्रबन्ध नहीं हो पा रहा था। अन्ततः वे गणित की चक्रवर्ती किताब बेचने के लिए किताब विक्रेता के यहाँ गये। जो किताब उन्होंने दो रुपये में खरीदी थी, उसको एक रुपया में बेचकर घर जाने लगे। संयोग की बात है कि उस समय दुकान पर लम्बी-लम्बी मूँछों वाले एक सज्जन बैठे थे। जब नवाबराय बाहर निकलने लगे तो लम्बी मूँछों वाले सज्जन ने दरयाफ़्त किया कि वे किस कक्षा में पढ़ते हैं। जब नवाबराय ने यह उत्तर दिया कि मैट्रीक्यूलेशन पास युवक हैं, तब मूँछों वाले सज्जन बहुत खुश हुए और नवाबराय से रिफार्मेटरी स्कूल में टीचर होने का प्रस्ताव रखा—अठारह रुपये प्रतिमास पर। नवाबराय का दिल खुशी से लबरेज़ हो उठा। चुनार आये। पदभार सँभाला। उस समय नवाबराय हिन्दी में 'प्लेग की चुड़ैल' लिखने वाले मास्टर भगवान दास के यहाँ तीन-रुपये मासिक पर ऊपर वाली कच्ची कोठरी में

रहने रहने लगे। मास्टर भगवान दास इनसे काफ़ी सीनियर थे। आचार्य रामचन्द्र शुक्ल ने हिन्दी की प्रथम कहानी लिखने वालों में मास्टर भगवान दास का नाम सबसे पहले दिखलाया है। 'इन्दुमती' के बाद। नवाबराय पर मास्टर भगवान दास के लेखकीय व्यक्तित्व का काफी प्रभाव पड़ा था। नवाबराय खुद तो लिखते नहीं थे, परन्तु पढ़ते अवश्य थे। हिन्दी तो आती नहीं थी, फिर उर्दू में ही सही। मास्टर भगवान दास उर्दू अंग्रेज़ी के अच्छे ज्ञाता थे। नवाबराय भी उर्दू-अंग्रेज़ी के जानकार। इस तरह चुनार में एक-एक दिन व्यस्त-भरा बीत रहा था।

लेकिन नवाबराय का चुनार छूटना ही था। छूट भी गया एक साधारण संयोग के कारण।

एक दिन किले के सुधार-गृह में पढ़ने वाले काले कैदियों और चुनार के गोरे खिलाड़ियों के बीच फुटबाल मैच हुआ। काले कैदी खिलाड़ी बीस पड़े। जीत दर्ज की और 'हिप-हिप हुर्रे' के नारे लगाने लगे। एक गोरे खिलाड़ी ने अपने बूट की नोक से काले खिलाड़ियों के टीम-मुखिया को पीट दिया। नवाबराय इस अन्याय को बर्दाश्त नहीं कर सके। उन्होंने भी मैदान में जाकर गोरे खिलाड़ी को एक डंडी मार दी।

परिणाम अज्ञात नहीं था। उन्हें रिफार्मेटरी स्कूल से निकाल दिया गया। वे फिर बनारस चले आये। नवाबराय अब नवाब नहीं रह सके। इसी बीच इनकी मुलाकात क्वींस कालेज के प्रिन्सिपल बेकन साहब से हुई। नवाबराय की ज़हानत से बहुत प्रभावित हुए। उनकी ईमानदारी भी बहुत मशहूर हुई। हालाँकि शरीर दुबला-पतला परन्तु आत्मा नवाबराय की हिम्मत-सी। फिर क्या था, बेकन साहब ने इन्हें बहराइच सरकारी स्कूल में भेज दिया। उन्होंने 12 जुलाई सन् 1900 में बहराइच ज्वाइन किया।

बहराइच में काम करते हुए केवल ढाई महीने ही गुज़रे थे कि उनका ट्रान्सफर इलाहाबाद ज़िला की तहसील प्रतापगढ़

में कर दिया गया। 21 सितम्बर 1900 को उन्होंने फर्स्ट एडिशनल मास्टर का पद सँभाला। उन्होंने इलाहाबाद में अपना दायित्व निभाते हुए टीचर्स ट्रेनिंग प्रमाण-पत्र हासिल किया। टीचर्स ट्रेनिंग कालेज में टॉप करते हुए, उन्हें यह छूट दी गयी कि वे अपनी इच्छा से जिला का चुनाव करें। यही वह सुखद समय था जब ज़माना के सम्पादक दया नारायण निगम से इनका पत्र-व्यवहार शुरू हुआ। मई 1905 में इनका ट्रान्सफ़र कानपुर कर दिया गया। आगे का हवाल 'दुर्गादास' उपन्यास के सन्दर्भ में पहले ही कर दिया गया है।

—भवदेव पाण्डेय

भूमिका

बालकों के लिए राष्ट्र के सपूतों के चरित्र से बढ़कर उपयोगी, साहित्य का कोई दूसरा अंग नहीं है। इनसे उनका चरित्र ही बलवान नहीं होता उनमें राष्ट्र-प्रेम और साहस का संचार भी होता है। राजपूताना में बड़े-बड़े शूर-वीर हो गये हैं। उस मरुभूमि ने कितने ही नर-रत्नों को जन्म दिया है; पर वीर दुर्गादास अपने अनुपम आत्म-त्याग, अपनी निःस्वार्थ सेवा-भक्ति और अपने उज्ज्वल चरित्र के लिए कोहनूर के समान हैं। औरों में शौर्य के साथ कहीं-कहीं हिंसा और द्वेष का भाव भी पाया जाएगा, कीर्ति का मोह भी होगा, अभिमान भी होगा; पर दुर्गादास शूर होकर भी साधु पुरुष थे। इन्हीं कारणों से हमने वीर-रत्न दुर्गादास का चरित्र बालकों के सामने रखा है।

हमने चेष्टा की है कि पुस्तक की भाषा सरल और बामुहावरा हो और उसमें बालकों की रुचि उत्पन्न हो।

—प्रेमचन्द

दुर्गादास

पहला परिच्छेद

जोधपुर के महाराज जसवन्तसिंह की सेना में आशकरण नाम के एक राजपूत सेनापति थे, बड़े सच्चे, वीर, शीलवान और परस्वार्थी। उनकी बहादुरी की इतनी धाक थी, कि दुश्मन उनके नाम से काँपते थे। दानी और दयावान ऐसे थे, कि मारवाड़ में ऐसा कोई अनाथ न था, जो उनके दरबार से निराश लौटे। जसवन्तसिंह भी उनका बड़ा आदर-सत्कार करते थे। वीर दुर्गादास उन्हीं के बड़े लड़के थे। छोटे लड़के का नाम जसकरण था।

सन् 1605 ई. में आशकरणजी उज्जैन की लड़ाई में धोखे से मारे गये। उस समय दुर्गादास केवल चौदह वर्ष के थे; पर ऐसे होनहार थे, कि जसवन्तसिंह अपने बड़े बेटे पृथ्वीसिंह की तरह इन्हें भी प्यार करने लगे। कुछ दिनों बाद जब महाराज दक्खिन की सूबेदारी पर गये, तो पृथ्वीसिंह को राज्य का भार सौंपा और वीर दुर्गादास को सेनापति बनाकर अपने साथ कर लिया। उस समय दक्खिन में महाराज शिवाजी का साम्राज्य था। मुगलों की उनके सामने एक न चलती थी; इसीलिए औरंगज़ेब ने जसवन्तसिंह को भेजा था। जसवन्तससिंह के पहुँचते ही मार-काट बन्द हो गयी। धीरे-धीरे शिवाजी और जसवन्तसिंह में मेल-जोल हो गया। औरंगज़ेब की इच्छा तो थी, कि शिवाजी को परास्त किया जाय। यह इरादा पूरा न हुआ, तो उसने जसवन्तसिंह को वहाँ से हटा दिया, और कुछ दिनों उन्हें लाहौर

में रखकर फिर काबुल भेज दिया। काबुल के मुसलमान इतनी आसानी से दबने वाले न थे। भीषण संग्राम हुआ; जिसमें महाराज के दो लड़के मारे गये। बुढ़ापे में जसवन्तसिंह को यह गहरी चोट लगी। वह दुःखी होकर वहाँ से पेशावर चले आये।

उन्हीं दिनों अजमेर में बग़ावत हो गयी। औरंगज़ेब ने पृथ्वीसिंह को विद्रोहियों का दमन करने को हुक्म दिया। पृथ्वीसिंह ने थोड़े ही दिनों में बग़ावत को दबा दिया। औरंगज़ेब यह खबर पाकर बहुत खुश हुआ और पृथ्वीसिंह को पुरस्कार देने के लिए दिल्ली बुलाया। कुछ लोगों का कहना है, कि वहाँ पृथ्वीसिंह को विष से सनी हुई खिलत पहनायी गयी, जिसका नतीजा यह हुआ कि धीरे-धीरे विष उनकी देह में भिद गया और वह थोड़े ही दिनों में संसार से बिदा हो गये। यह भी कहा जाता है कि औरंगज़ेब मारवाड़ पर क़ब्ज़ा करना चाहता था, और इसीलिए जसवन्तसिंह को बार-बार लड़ाइयों पर भेजता रहता था। औरंगज़ेब की इस अप्रसन्नता का कारण शायद यह हो सकता है, कि जब दिल्ली के तख़्त के लिए शाहज़ादों में लड़ाई हुई, तो जसवन्तसिंह ने दाराशिकोह का साथ दिया था। औरंगज़ेब ने उसका यह अपराध क्षमा न किया था और तब से बराबर उसका बदला लेने की फिक्र में था। खुल्लम-खुल्ला जसवन्तसिंह से लड़ना सारे राजपूताना में आग लगा देना था; इसलिए वह कूटनीति से अपना काम निकालना चाहता था।

पृथ्वीसिंह के मरते ही, औरंगज़ेब ने मारवाड़ में मुगल सूबेदार को भेज दिया। जसवन्तसिंह तो इधर पेशावर में पड़े हुए थे। औरंगज़ेब को मारवाड़ पर अधिकार जमाने का अवसर मिल गया। पृथ्वीसिंह का मरना सुनते ही महाराज पर बिजली-सी टूट पड़ी। शोनिंगजी ने महाराज को गिरने से सँभाला और धीरे से एक पलंग पर लिटा दिया। थोड़ी देर के उपरान्त, यशवन्तसिंह ने आँखें खोलीं। सामने शोनिंगजी को खड़ा देखा।

आँखों में आँसू भर कर बोले, "भाई शोनिंगजी! यह प्यारे बेटे के मरने की खबर नहीं आयी! यह मुझे लेने को मेरी मौत आयी है। आओ हमारे साथ आओ, हम अपने मरने के पहले तुमसे कुछ कहना चाहते हैं।" शोनिंगजी को लिए हुए महाराज भीतर चले आये, और एक लोहे की छोटी सन्दूकची देकर बोले, "भाई यह सन्दूकची हम तुम्हें सौंपते हैं। इसकी रखवाली तुम्हें उस समय तक करनी होगी, जब तक कोई राजपूत मारवाड़ को मुगलों के हाथ से छुड़ा कर हमारी गद्दी पर न बैठे। यदि ईश्वर कभी वह दिन दिखावे, तो यह उपहार उस राजकुमार को, राजगद्दी के समय भेंट करना। उसके पहले तुम या दूसरा कोई इसको खोल कर देखने की इच्छा भी न करे। यदि किसी आपत्ति के कारण तुम इसकी रक्षा न कर सको, तो दूसरे किसी को, जैसा मैंने तुमसे कहा है, कह कर सौंप देना।"

दूसरे दिन महाराज ने अपने सब सरदारों को बुलवाया, और बोले, "भाइयो! औरंगज़ेब ने हम राजपूतों से अपने बैर का बदला पूरा-पूरा चुका लिया है। अब राजवंश में हमारे पीछे कोई भी न रहा, जो हमारी गद्दी पर बैठे! यद्यपि हमारी दो रानियाँ भाटी और हाड़ी सगर्भा हैं; परन्तु ऐसे खोटे दिनों में क्या आशा की जाय, कि उनके लड़का ही पैदा होगा? लेकिन यदि ईश्वर की कृपा हुई, और हमारी गद्दी का वारिस पैदा हुआ, तो यह कोई अनहोनी बात नहीं, कि तुम लोगों की सहायता से औरंगज़ेब के हाथों से मारवाड़ को छुड़ा ले; इसलिए हमारी अन्तिम आज्ञा है, कि अपने राजकुमार के साथ वैसा ही बर्ताव करना, जैसा आज तक हमारे साथ करते आये हो। भाइयो! जो मारवाड़ आज तक औरों की विपत्ति में सहायता करता था, आज वही अपनी सहायता के लिए दूसरों का मुँह ताक रहा है। आदमी नहीं, समय ही बलवान होता है। कभी औरंगज़ेब मुझसे डरता था। आज मैं उससे डरता हूँ। अब इस बुढ़ापे में मैं अपने देश के लिए क्या कर सकता हूँ? कुछ नहीं!"

महाराज की आँखों में आँसू डबडबा आये। फिर कुछ न कह सके। थोड़ी देर सभा में सन्नाटा छाया रहा, सभी के चेहरों पर उदासी थी, और सभी एक दूसरे का मुँह ताकते रहे। बाद में महाराज भीतर चले गये और सरदार लोग अपने-अपने डेरों पर लौटे। इसके एक सप्ताह बाद महाराज ने शरीर त्याग कर दिया। बहादुर राजपूत शोक और पराजय की चोटों को न सह सका। सब रानियाँ महाराज के साथ सती हो गयीं, केवल भाटी और हाड़ी दो रानियों को सरदारों ने सती होने से रोक लिया। सन् 1678 ई. माघ बदी 10 मी के दिन महाराज का देहान्त हुआ, और फाल्गुन बदी 4 के दिन भाटी रानी के बेटा पैदा हुआ। दूसरे ही दिन हाड़ी के भी लड़का ही हुआ। बड़े का नाम अजीत और छोटे का दलथम्भन रखा गया।

औरंगज़ेब ने यह हाल सुना, तो रानियों को पेशावर से दिल्ली बुला भेजा। सर्दी लग जाने से दलथम्भन तो राह में ही मर गया। और लोग कुशल से दिल्ली आ पहुँचे और रूपसिंह उदावत की हवेली में ठहरे। यह दिल्ली में सब से बड़ी और सरदारों के लिए सुभीते की जगह थी। दूसरे दिन दुर्गादास कर्णोत, महारानियों के आने की सूचना देने के लिए औरंगज़ेब के पास गया। बादशाह ने लोकाचार के बाद कहा, "दुर्गादास, देखो बेचारा दलथम्भन तो मर ही गया। अब हमें चाहिए कि अजीत का लालन-पालन होशियारी से करें, जिससे बेचारे जसवन्तसिंह का दुनिया में नाम रह जाय; इसलिए यही अच्छा होगा कि अजीत को हमारे पास छोड़ दिया जाय। जैसे जसवन्तसिंह का लड़का, वैसे ही हमारा लड़का। हम उसकी स्वयं देख-रेख करेंगे, और बड़े होने पर जोधपुर की गद्दी पर उसका राज-तिलक कर देंगे।" दुर्गादास बादशाह की मंशा ताड़ गया; परन्तु बड़ी नर्मी से बोला, "जहाँपनाह! इसमें कोई सन्देह नहीं, कि अजीत की रक्षा और पालन, जैसा यहाँ हो सकता है, और कहीं नहीं हो सकता। आप उसके ऊपर इतनी दया रखते हैं, यह

उसका सौभाग्य है; पर अजीत अभी तीन ही महीने का है, और माता के ही दूध पर उसका जीवन है; इसलिए यह अच्छा होगा, कि दूध छूटने पर ही वह आप की सेवा मे लाया जाय।'' औरंगज़ेब ने दुर्गादास की बात मान ली।

वीर दुर्गादास ने लौट कर महारानी तथा सब राजपूत सरदारों के सामने बादशाह की बातचीत जैसी-की-तैसी कह सुनायी। सुनते ही सरदारों की आँखें लाल हो गयीं। दुर्गादास ने कहा, ''भाइयो! यह समय क्रोध का नहीं, चतुराई का है। पहले किसी उपाय से राजकुमार को दिल्ली से हटाया जाय, फिर जैसा होगा, देखा जाएगा।'' आनन्ददास खेची, जो सब में चतुर सरदार था, सवेरे ही एक सँपेरे को लालच देकर लाया और उसकी साँप वाली पिटारी में राजकुमार को छिपा कर दिल्ली से बाहर निकल गया। वहाँ से आबू की घनी पहाड़ियों के बीच से होकर, मारवाड़ के एक डुगवा नाम के गाँव में अपने मित्र जयदेव ब्राह्मण के घर पहुँचा। वहीं छिपे-छिपे राजकुमार का लालन-पालन करने लगा। इधर महारानी की गोद में राजकुमार की जगह दूसरा लड़का रख दिया गया।

दूसरा परिच्छेद

एक वर्ष बीत जाने पर, जब औरंगज़ेब ने देखा, कि राजपूत अजीत को सीधे-सीधे नहीं देना चाहते, तो उसने जबरदस्ती राजकुमार को लाने के लिए शहर कोतवाल फौलाद को भेजा। उसने दो हजार हथियारबन्द सिपाही लेकर रूपसिंह उदावत की हवेली घेर ली। एकाएक अपने को विपत्ति में पड़ा देख दुर्गादास ने कहा, "भाइयो! राजपूत दूसरों की रक्षा के लिए अपने प्राणों का लालच नहीं करते। हम राजपूत कहलाकर राजकुमार के समान पाले हुए बालक को अपने हाथों मौत के मुँह में डालना नहीं चाहते।" महारानी ने कहा, "हमारी चिन्ता मत करो, हमारी लाज रखने वाली यह कटारी है। मैं कब की मर चुकी होती, यदि यह देखने की लालसा न होती, कि राजपूत अपने देश पर किस वीरता से अपने प्राणों को न्योछावर करते हैं!" रूपसिंह ने बालक की रक्षा का भार अपने ऊपर लिया। रानी ने छाती में कटार मारकर देह त्याग दी। फिर क्या था! राजपूत वीर निश्चिन्त हो, नंगी तलवारें हाथों में ले हर-हर महादेव कहते हुए शत्रु-सेना पर टूट पड़े। इतनी बड़ी मुगल-सेना के सामने दो-ढाई सौ आदमी इसके सिवा और कर ही क्या सकते थे। सब-के-सब वहीं लड़ मरे। शाम तक लड़ाई होती रही। मैदान साफ हो गया तो, शहर कोतवाल ने रूपसिंह की हवेली तिल-तिल खोज मारी, परन्तु राजकुमार अजीत का कहीं पता न लगा। बेचारे को इतने राजपूतों की हत्या करने पर भी खाली हाथ ही

लौटना पड़ा।

झुटपुटा हो ही चुका था। चारों ओर निर्मल आकाश में तारे छिटकने लगे थे। चन्द्रमा की शीतल किरणें पृथ्वी पर आ-आकर कराहते हुए घायल वीरों को मानो ढाढस दे रही थीं। सर्द हवा के धीमे झकोरों के लगने से घायल वीरों ने आँखें खोलीं और एक दूसरे के सहारे उठने लगे। इनमें वीर दुर्गादास कर्णोत की दशा दूसरों के देखते कुछ अच्छी थी। चन्द्रमा के प्रकाश में वीर दुर्गादास अपनी ओर के सब राजपूत सरदारों को एक-एक कर के देखने लगे। जिस किसी को जीवित पाया, सहारा देकर उठा लाये। ढाई सौ राजपूतों में केवल वीर दुर्गादास कर्णोत, मोहकमसिंह मेडतिया, भोजराज वीदावत, रूपसिंह उदावत, महासिंह और दूधोजी चाँपावत इत्यादि इने-गिने सरदार ही जीवित बचे थे। बूढ़े दूधोजी ने कहा, "भाई, चाँदनी फीकी पड़ चली। रात आधी से अधिक बीत गयी। अब यहाँ बैठने में भलाई नहीं है। देह तो छिन्न-भिन्न हो ही चुकी है। बचे-खुचे प्राणों की ही रक्षा करें!" वीर दुर्गादास ने कहा, "अभी ठहरो! हम महारानी का शव लिये बिना यहाँ से जीवित जाना नहीं चाहते। धिक्कार है! हमारे जीते-जी महारानी का पुनीत शरीर मुगलों के हाथ पड़े!"

इन शब्दों में न जाने क्या जादू था, कि जो दूसरों के सहारे भी न खड़े हो सकते थे, वही महारानी की लाश लेकर सवेरा होते-होते दिल्ली से पाँच-छह कोस दूर निकल गये और आबू की घनी पहाड़ियों में दाह-क्रिया कर दी। आज की रात यहीं काटी। दूसरे दिन जयदेव ब्राह्मण के घर पहुँचे। राजकुमार को सुखी देख सब अपना पिछला दुःख भूल गये। दूसरे दिन आनन्ददास खेची को राजकुमार के लालन-पालन के विषय में सावधान कर के एक दूसरे से गले मिले और बिदा होकर, अपने-अपने गाँवों की ओर चल दिये। राह में जितने छोटे-

बड़े गाँव मिले, सब में दुर्गादास ने मुगल सिपाहियों के चौकी-थाने बने देखे। जैसे-तैसे छिपते-छिपते वह कल्याणगढ़ पहुँचा। जैसे गाय से दिन-भर का बिछुड़ा बछड़ा मिलता है, वैसे ही दुर्गादास अपनी माता के चरणों पर गिर पड़ा। बूढ़ी माता ने उठाकर उसे छाती से लगा लिया। दोनों की ही आँखों से प्रेम के आँसू बहने लगे।

उसी समय दुर्गादास का पुत्र तेजकरण और छोटा भाई जसकरण भी आ गये। दोनों ही रूपवान और बलवान थे। जैसे दुर्गादास अपने देश की भलाई के लिए तन-मन-धन न्योछावर किये बैठा था, वैसे ही जसकरण और तेजकरण भी देश की स्वतन्त्रता के नाम पर बिके हुए थे। बूढ़ी माता भी मुगलों के अत्याचार से दुखी थी। अपने पुत्रों को देश पर मर मिटने के लिए सदैव उकसाया करती थी; पर जब अपने ही बन्धु देश को बरबाद करने पर तुले बैठे हों, तो कोई क्या करे?

जसवन्तसिंह के बड़े भाई अमरसिंह का लड़का इन्द्रसिंह राज्य के लालच में औरंगज़ेब से मिल गया था। वह चाहता था कि देश के प्रभावशाली राजपूत सरदारों को, राह में बिछे हुए काँटों के समान नष्ट कर दे और बेखटके मारवाड़ पर राज करे। औरंगज़ेब को तो यह उपाय सुझाने की देर थी। उसकी ऐसी इच्छा पहले ही से थी। यह बात उसके मन में बैठ गयी। मारवाड़ के मुगल सूबेदार के नाम तुरन्त फरमान जारी कर दिया, "सरदारों को गिरफ्तार कर लो।" फिर क्या था! गाँव-गाँव घर-घर भागे हुए सरदारों की खोज होने लगी। कितने तो प्राणों के डर से बादशाह से जा मिले। कुछ इधर-उधर छिप रहे। उनके घर लूट लिये गये। फिर भी बाहर न निकले। शोनिंगजी चाँपावत ने सरदारों की यह दशा देखी, तो घबरा उठे। ऐसी दशा में महाराज जसवन्तसिंह की दी हुई लोहे की सन्दूकची की रक्षा कैसे करें! इसी चिन्ता में थे, कि वीर दुर्गादास की

याद आ गयी। तुरन्त ही घोड़ा कसा, और अरावली पहाड़ी की तलैटी में बसे हुए कल्याणगढ़ में जा पहुँचे। शोनिंगजी को आते देख दुर्गादास अगवानी के लिए आगे बढ़ा। दोनों मिलकर गले मिले। देश की दशा पर बातें होने लगीं। शोनिंगजी ने कहा, "भाई! यह समय बैठने का नहीं है। आलस छोड़ो और हमारे साथ अभी चलो।" दुर्गादास ने अपनी माता से आज्ञा माँगी और शोनिंगजी के साथ चल पड़ा। दिन डूबते-डूबते दोनों आवागढ़ कोट में पहुँचे। दुर्गादास मुगल सिपाहियों को इधर-उधर कोट की चौकसी करते देख भीतर जाने में हिचकिचाया। शोनिंगजी ने धीरे से कहा—यदि देश की भलाई चाहते हो, तो चले आओ!

दोनों एक अँधेरी कोठरी में जा पहुँचे। शोनिंगजी भीतर से एक छोटी-सी लोहे की सन्दूकची उठा लाये और दुर्गादास के सामने रखकर बोले, "यह थाती महाराज जसवन्तसिंह ने अपने मरने के दस दिन पहले हमें सौंपी थी, और कहा था—जो वीर मारवाड़ को स्वतन्त्र कर जोधपुर की गद्दी पर बैठेगा, यह उपहार उसी को दिया जाय। उसे छोड़, दूसरा कोई यह जानने की इच्छा न करे, कि इसमें क्या है। भाई, अब मैं इसकी रक्षा नहीं कर सकता इसलिए तुम्हें सौंपता हूँ। और यदि मेरी-सी दशा, ईश्वर न करे, कभी तुम्हारी भी हो, तो ऐसा ही करना, जैसा मैं कर रहा हूँ।" वीर दुर्गादास सब बातों को ध्यान से सुनता रहा। तब सन्दूकची उठाकर पटके के सहारे कमर में बाँध ली, और राम-जुहार करता हुआ घोड़े पर सवार हो, सीधी राह छोड़ पगडंडी पर हो लिया।

तीसरा परिच्छेद

एक तो अँधेरी रात, दूसरे अटपटी राह, बेचारा घोड़ा अटक-अटक कर चलता था। कहीं अपनी ही टापों की ध्वनि सुनकर, जो कभी पहाड़ियों से टकरा कर लौटती थी, चौंक पड़ता था। पहर रात जा चुकी थी, धीरे-धीरे चारों ओर चाँदनी छिटकने लगी थी, दूर से कंटालिया गाँव अब धुँआ-सा दिखाई पड़ रहा था। वीर दुर्गादास देश की दशा पर खीझता चला जा रहा था। अकस्मात् तलवारों की झनझनाहट सुन पड़ी। चौकन्ना हो, अपनी तलवार खींच ली और उसी ओर बढ़ा। देखा कि दो राजपूतों को बाईस मुगल घेरे हुए हैं। क्रोध में आकर वह मुगलों पर टूट पड़ा। दो-चार मारे गये और दो-चार घायल हुए। मुगलों ने पीठ दिखायी और 'मदद-मदद' चिल्लाने लगे। वीर दुर्गादास ने देखा—दोनों राजपूतों में से एक तो मारा गया और दूसरा घायल। चाहता था कि घायल राजपूत को उठा ले जाये, परन्तु न हो सका। चन्द्रमा के प्रकाश में देखा कि दौड़ते हुए बीस-पच्चीस मुगल चले आ रहे हैं। वीर दुर्गादास ने उनको इतना भी समय न दिया, कि वे अपने शत्रु को तो देख लेते, दस-ग्यारह को गिरा दिया। खून-खून! जोरावरखाँ का खून! चिल्लाते हुए मुगल जैसे ही पीछे हटे, कि दुर्गादास ने सोचा अब यहाँ ठहरना चतुराई नहीं। बस, घायल राजपूत को उठाकर कल्याणगढ़ की ओर भाग निकला। थोड़ी रात रहे घर पहुँचा। बूढ़ी माता,

दुर्गादास और दूसरे राजपूत को रक्त से नहाया हुआ देख घबरा उठी। तुरन्त ही उन दोनों की मरहमपट्टी हुई। थोड़ी देर बाद जब दुर्गादास कुछ स्वस्थ हुआ, तो माता ने पूछा, ''बेटा, तुम्हारी यह दशा कैसे हुई?'' दुर्गादास ने अपनी बीती कह सुनायी। माता ने घायल राजपूत को देखा, तो पहचान गयी। दुर्गादास से कहा, ''क्या तुम इन्हें नहीं पहचानते?'' दुर्गादास के बोलने के पहले ही घायल राजपूत, जो अब सचेत हो चुका था, बोल उठा, ''माँजी, दुर्गादास मुझे पहचानते तो हैं; परन्तु इस समय नहीं पहचान सके; क्योंकि पहले के देखते अब मुझ में अन्तर भी तो है! भैया, मैं आपका चरण-सेवक महासिंह हूँ। बूढ़ी माँजी महासिंह के सिर पर हाथ फेरती हुई बोली, ''हाँ रे! तू तो अब बहुत दुर्बल हो गया है! बेटा ऐसी क्या विपत्ति पड़ी?'' महासिंह अभी बोला भी न था कि घर का सेवक नाथू दौड़ता हुआ आया और बोला, ''महाराज भागो! हथियारबन्द मुगल सिपाही चिल्लाते चले आ रहे हैं।''

माँजी ने कहा, ''बेटा, कहीं भाग कर अपने प्राण बचाओ। मुगल बहुत हैं, तुम अकेले हो और महासिंह घायल है, व्यर्थ प्राण देना चतुराई नहीं।'' दुर्गादास बोला, ''माँजी, तुम सबको संकट में छोड़कर मैं अपने प्राणों की रक्षा करूँ?'' महासिंह ने समझाया, ''नहीं भाई, माँजी का कहना मानो। जिन्दा रहोगे, तभी देश का उद्धार कर सकोगे।''

दुर्गादास ने कहा, ''देखो, मुगलों की तलवारों की झनझनाहट सुनाई पड़ रही है। वह अब आ पहुँचे हैं। भागने का समय कहाँ रहा? और जाएँ भी, तो कहाँ जाएँ!''

नाथू बोला, ''महाराज! आप लोग पीछे वाले अन्धे कुएँ में उतर जाएँ।

माता का हठ पूरा करने के लिए दुर्गादास छिपने को चला; परन्तु कुएँ में पहले महासिंह को उतारा; क्योंकि वह घायल था।

फिर शोनिंगजी की सौंपी हुई लोहे की सन्दूकची उतारी। उसके उपरान्त, तेजकरण और जसकरण को उतारा। इतने में मुसलमानों ने किवाड़ तोड़ डाले। दुर्गादास कुएँ में न उतर सका, एक छतनारे बरगद के वृक्ष पर चढ़ गया। सिपाहियों ने घर का कोना-कोना ढूँढा, पर दुर्गादास न मिला। एक सिपाही माँजी को सरदार मुहम्मदखाँ के पास पकड़ ले चला। देखते ही मुहम्मदखाँ ने डपटकर कहा, "खबरदार! बूढ़ी औरत को हाथ मत लगाना। सिपाही अलग जा खड़ा हुआ। मुहम्मदखाँ आप ही माँजी के सामने गया और बड़ी नर्मी से बोला, "माँजी! दुर्गादास ने कंटालिया के सरदार शमशेरखाँ के भतीजे जोरावरखाँ को मार डाला है। बादशाह की आज्ञा ऐसे अपराध के लिए शूली है। अपराधी को बचाने अथवा छिपाने का भी यही दंड है।"

माँजी ने कहा, "सरदार! यह तू किससे कह रहा है। मैं दुर्गादास की माँ हूँ। क्या माँ अपने बेटे को अपने हाथों शूली पर चढ़ा देगी? भला मैं कैसे बता सकती हूँ कि दुर्गादास कहाँ है? यदि प्राण का बदला प्राण लेना ही न्याय है, तो दुर्गादास अपराधी नहीं है। उसने तो जोरावरखाँ को एक राजपूत के मार डालने के बदले में ही मारा है।"

"माँजी! मुझे यह मालूम न था, कि जोरावरखाँ किसी के बदले में मारा गया है। अब मैं जाता हूँ; परन्तु दुर्गादास को सूर्य निकलने के पहले ही किसी अनजाने स्थान में भेज देना। नहीं तो दूसरे सरदार के आने पर बना-बनाया काम बिगड़ जाएगा।" यह कहता हुआ शरीफ मुहम्मदखाँ बाहर निकला और अपने सिपाहियों को किसी दूसरे गाँव में दुर्गादास की खोज करने की आज्ञा दे दी। संकट में कभी-कभी हमें उस तरफ से मदद मिलती है, जिधर हमारा ध्यान भी नहीं होता।

मुगल सिपाहियों के चले जाने के बाद, दुर्गादास वृक्ष से उतर कर माँजी के पास आया। माँजी ने मुहम्मदखाँ के बर्ताव

की बड़ी सराहना की और दुर्गादास से सूर्योदय से पहले ही घर से निकल जाने को कहा। दुर्गादास राजी हो गया; परन्तु जसकरण और तेजकरण को माता की रक्षा के लिए छोड़ जाना चाहा। माँजी ने कहा, ''ना बेटा! मेरे काम के लिए नाथू बहुत है। तू जसकरण और तेजकरण को अपने साथ लेता जा। न-जाने कब कौन काम पड़े? एक से दो अच्छे हैं।'' दुर्गादास सवेरा होते-होते माँजी को प्रणाम कर अपने भाई और बेटे को साथ ले घर से निकल गया। चलते समय नाथू को बुलाकर कहा, ''देख, माँजी के कुशल समाचार हमको प्रतिदिन पहुँचाया करना। और मुगलों से सदा सावधान रहना। महासिंह यदि जीवित हो, तो आज ही जैसे बने वैसे माड़ो पहुँचा देना; और यदि मर गया हो, तो दाह-क्रिया कर देना। और सुन, उस लोहे की सन्दूकची को अपने प्राणों के समान समझना; परन्तु खोलकर यह न देखना कि इसमें क्या है।'' इस प्रकार नाथू को समझा-बुझाकर, सूर्योदय के पहले ही अरावली की पहाड़ियों में पहुँच गया। माँजी द्वार पर बड़ी देर तक खड़ी रहीं। जब दोनों बेटे और पोता आँख से ओझल हो गये, तब घर में लौट आयी और ईश्वर से प्रार्थना करने लगीं—भगवान! हमारे बेटों को कुशल से रखना।

नाथू जो अभी बाहर ही था, दौड़ता हुआ आया, बोला, ''माँजी... माँजी, सामने से कुछ घुड़सवार चले आ रहे हैं। नाथू और कुछ न कह सका था, कि डेढ़-दो सौ मुसलमान सिपाही घर में घुस आये और माँजी को पकड़ लिया। नाथू घबरा उठा, अपने लिए नहीं, बूढ़ी माँजी के लिए। वह यह नहीं देख सकता था, कि एक क्षत्राणी मुगल सिपाहियों के बीच में उघाड़ी खड़ी हो परन्तु क्या करे? चार सिपाहियों ने पहले नाथू को ही पकड़ रखा था।

सरदार ने पूछा, ''डोकरी, बता तेरा खूनी लड़का दुर्गादास कहाँ है?''

माँजी ने कहा, "मैं नहीं जानती, घर पड़ा है। जहाँ हो, खोज लो।"

सरदार ने नर्मी से फिर कहा, "माँजी, सच-सच बता दो, तो मैं दुर्गादास का खून माफ करा दूँगा और मकदूर-भर उसकी मदद भी करूँगा। तुम्हें भी बादशाह से बहुत-सा धन दिला दूँगा; क्योंकि दुर्गादास अपराधी नहीं है। अपराधी तो वह राजपूत है, जिसके लिए जोरावरखाँ मारा गया। हमें दुर्गादास से कुछ और न चाहिए। हमें उस राजपूत का पता बता दे, वह कौन था और कहाँ है? यदि बादशाह को उसका पता न लगा, तो उसके बदले तुम सब मारे जाओगे।"

माँजी बोलीं, "अच्छा हो, मैं अपने बेटों की रक्षा के लिए मारी जाऊँ। मैं बूढ़ी हूँ, अब दिन भी मरने के समीप ही हैं; परन्तु बेटों की प्राण-रक्षा के लिए मैं विश्वासघात नहीं कर सकती। जिसे आश्रय दिया है उसे स्वार्थवश होकर निकाल नहीं सकती।"

यह सुनकर शमशेरखाँ जल उठा और तलवार खींचकर माँजी की ओर दौड़ा। नाथू, जिसे सिपाही पकड़े पास ही खड़े थे, अपनी पूरी शक्ति लगाकर सिपाहियों के बीच से निकला और शमशेरखाँ के वार को रोका; परन्तु घायल होकर गिर पड़ा। दूसरे वार ने वीर माता का काम तमाम कर दिया। राजपूतनी ने कुल-मर्यादा की वेदी पर अपने प्राणों की आहुति दे दी। सरदार को अब भी सन्तोष न हुआ। घर की सम्पत्ति भी लूट ली और तब सिपाहियों को लौटने की आज्ञा दी। एक सिपाही वहीं खड़ा रहा। शमशेरखाँ ने पूछा, "क्यों रे खुदाबख्श! तू क्यों खड़ा है?" खुदाबख्श ने कहा, "मैं तेरे जैसे जालिम का कहना नहीं मानता, तू मुसलमान नहीं। अपने धर्म को जानने वाला मुसलमान कभी ऐसा अत्याचार नहीं कर सकता। कोई भी वीर पुरुष अबला पर हाथ नहीं उठाता। तूने इस बुढ़िया को क्यों

मारा? इसने तेरा क्या बिगाड़ा था? तूने उससे कहीं घोर अपराध किया, जो दुर्गादास पर लगाया जा रहा है। बता, दो राजपूतों में से एक घायल हुआ था और दूसरा मारा गया था, उसके मारने वाले को किसने शूली दी? शमशेरखाँ बिगड़कर खुदाबख्श की ओर लपका। खुदाबख्श पहले से ही सावधान था। शमशेरखाँ को पटक कर छाती पर चढ़ बैठा। उसकी फरियाद सुनने वाला भी वहाँ कोई न था। सारे सिपाही पहले ही चले गये थे। खुदाबख्श ने एक हाथ से सरदार का गला दबाया और दूसरे हाथ से करौली निकाली। शमशेरखाँ गिड़-गिड़ा कर प्राण की भिक्षा माँगने लगा। खुदाबख्श ने करौली फिर कमर में रख ली, और शमशेर खाँ को छोड़कर बोला, "यह न समझना, मैंने तुझ पर दया की है। मैंने सोचा वीर दुर्गादास अपनी बूढ़ी माता का बदला किससे लेगा? अपने क्रोध की भभकती हुई आग किसके रक्त से बुझाएगा? बस इसीलिए मैंने अपने हाथ तुझ-जैसे पापी के रक्त में नहीं रँगे।" यह कहकर खुदाबख्श पीछे फिरा, और शमशेरखाँ कंटालिया की ओर भाग गया।

खुदाबख्श ने जाकर नाथू और माँजी की लाश देखी कि शायद अब भी कुछ जान बाकी हो। तब तक नाथू चैतन्य हो चुका था, यद्यपि घाव गहरा लगा था।

खुदाबख्श ने नाथू को जीता देख ईश्वर को धन्यवाद दिया। और घाव धोकर पट्टी बाँधी। फिर बोला, "भाई! मुझसे डरो मत, मैं वह मुसलमान नहीं, जो किसी का बुरा चेतूँ। आखिर एक दिन खुदा को मुँह दिखाना है। मेरे लायक जो काम हो, वह बताओ। मुझे अपना भाई समझो। नाथू बड़ा प्रसन्न हुआ। माँजी की लोथ एक कोठरी में रखकर फिर दोनों ने मिलकर महासिंह को कुएँ से निकाला। बाहर की वायु लगने से धीरे-धीरे महासिंह भी चैतन्य हो गया। नाथू ने दुर्गादास का वन जाना, मुसलमानों का धावा, माँजी का मरना और खुदाबख्श की कृति

संक्षेप में कह सुनायी। महासिंह की आँखों में जल भर आया। कहने लगा, "नाथू! यह सब मुझ अभागे के कारण हुआ है। अच्छा होता, कि मैं वहीं मारा जाता तो अपने आत्मीयों की यह दशा तो न देखता।"

नाथू बोला, "महाराज, जो होना था हो लिया। अब आप खुदाबख्श के साथ माड़ो जाइए। और मैं स्वामी के पास जाता हूँ।"

खुदाबख्श ने कहा, "नाथू! हो सके, तो मुझे दूसरे कपड़े ला दो, जिसमें हमें कोई पहचान न सके। नहीं तो हमारी खैर नहीं।" नाथू ने एक जोड़ा कपड़ा और दो घोड़े ला दिये। महासिंह लोहे की सन्दूकची लेकर, खुदाबख्श के साथ माड़ो चल दिया; और नाथू अरावली की पहाड़ियों में घूमने लगा। एक तो बूढ़ा, दूसरे गहरा घाव, तीसरे पहाड़ियों का चढ़ना; नाथू एक जगह बैठ गया। सोचने लगा—परमात्मा! यह दो ही दिन में क्या हो गया? हम जहाँ कल आनन्द करते थे, आज वही राजभवन श्मशान हो गया। जिसकी धाक सारे मारवाड़ में थी, आज वही न-जाने किस पहाड़ की गुफा में छिपा पड़ा है। बूढ़ी माँजी की लोथ घर में पड़ी सड़ रही है। हाय! जिसके बेटों का सामना बड़े-बड़े शूर-वीर नहीं कर सकते थे, उसकी यह दशा! एक दुष्ट गीदड़ के हाथों मारी जाय! प्रभु तेरी लीला अद्‌भुत है। आज ही मेरे स्वामी ने मुझे वृद्धा माँजी की सेवा सौंपी थी। और मैं आज ही उनके मरने का समाचार लेकर जा रहा हूँ! स्वामी के पूछने पर, मैं क्या उत्तर दूँगा? कैसे कहूँगा वृद्धा माँजी को दुष्ट शमशेरखाँ ने मेरे जीते-जी मार डाला। हे प्रभु! यह कहने के पहले ही मैं मर क्यों न जाऊँ? नहीं! नहीं!! यदि मर जाता हूँ, तो स्वामी को दुष्ट का नाम कौन बताएगा? हाय! अभागे नाथू!—यह कहते-कहते वह अचेत हो गया। दु:खियों पर दया करने वाली निद्रादेवी ने उसे अपनी गोद में लिटा लिया और वायु ने अपने कोमल झकोरों से थपक कर

सुला दिया। सवेरा हुआ, नाथू उठ बैठा, और पास ही बहते हुए एक झरने से जल लेकर हाथ-मुँह धोया। ईश्वर की प्रार्थना कर एक ओर चल दिया। दोपहर होते-होते, उस पहाड़ी पर पहुँचा, जहाँ दुर्गादास छिपा था। अपना परिचय देने के लिए राजपूती तलवार का बखान करते हुए मारू रागिनी गायी, जिसे सुनकर वीर दुर्गादास गुफा के बाहर निकला। नाथू ने अपने स्वामी को देखा, तो दौड़ कर चरणों पर गिर पड़ा। दुर्गादास ने पूछा, "नाथू, हमारी माँजी तो कुशल से हैं?"

नाथू ने इस प्रश्न को टाल कर कहा, "महाराज! कल ही आपके चले आने के बाद महासिंह को कुएँ से निकाला, वे जीवित थे। लोहेवाली पेटी लेकर माड़ो चले गये और (अँगूठी देकर) चलते समय यह अमूल्य अँगूठी देकर कहा—नाथू, यह अँगूठी अपने स्वामी को देना, और कहना, जिसके द्वारा यह अँगूठी मेरे पास भेजी जाएगी, मैं उसकी आज्ञानुसार, अपने प्राण भी दे सकूँगा।" जसकरण और तेजकरण दोनों माता के कुशल-समाचार के लिए व्याकुल थे। बोले, "नाथू! और बातें पीछे करना। पहले माँजी की कुशल कह!" नाथू सूख गया, आँखों में आँसू भर आये। दुर्गादास ने घबरा कर कहा, "नाथू! क्यों? बोलता क्यों नहीं? क्या हुआ? शीघ्र कह।" नाथू ने रो-रो कर शोक-वृत्तान्त विस्तार सहित कह सुनाया और शमशेरखाँ की तलवार आगे फेंक दी।

दुर्गादास की आँखें क्रोध से लाल हो गयीं। तलवार हाथ में उठा ली, और बोला, "हे सर्व-शक्तिमान् जगत् के साक्षी! मैं आपके सामने सौगन्ध लेता हूँ, जिस पापी ने हमारी निर्दोष वृद्धा माता को मारा है, उसे इसी तलवार से मार कर जब तक रक्त का बदला न ले लूँगा, जलपान नहीं करूँगा!" नाथू ने काँपते स्वर से कहा, "हाँ, हाँ, स्वामी! यह क्या करते हैं! मुगल बहुत हैं और आप अकेले; यदि आज ही बदला न मिल सका, तो कब तक आप बिना जलपान के रहेंगे?" दुर्गादास बोला,

"नाथू! नाथू! तू भूलता है। मैं अकेला नहीं, मेरा सत्य, मेरा प्रभु मेरे साथ है। सत्य की सदैव जय होती है। अबला पर हाथ उठाने वाला बहुत दिन जीवित नहीं रह सकता! ईश्वर ने चाहा, तो आज ही माता के ऋण से उऋण होऊँगा। यदि ऐसा न किया गया, तो देश पर प्राण देनेवाली एक क्षत्राणी की गति कदापि न होगी।

सूर्य अस्त हो रहा था। अँधेरा बढ़ता जा रहा था। दुर्गादास ने नाथू को अपनी अँगूठी देकर कहा, "तू महासिंह के पास चला जा और मेरी अँगूठी देकर कहना, दुर्गादास अपनी वृद्धा माँजी का बदला लेने के लिए कंटालिया गये हैं, यदि जीते रहे, तो कभी मिलेंगे; नहीं तो, उनका अन्तिम राम-राम।" और उसी क्षण अपने बेटे और भाई को साथ लेकर कंटालिया की ओर चल दिये। पहर रात बस्ती में पहुँचे। रणसिंह लगभग एक सौ राजपूत वीरों को साथ ले वीर दुर्गादास की अगवानी के लिए आया। दुर्गादास राजपूतों को देखकर प्रसन्न हुआ। शमशेरखाँ वाली तलवार ऊँची उठाकर बोला, "भाइयो! यह तलवार दुष्ट शमशेरखाँ कंटालिया के सरदार की है। उसने हमारी पूज्य माता की हत्या करके सारे देश का अपमान किया है। मैंने माँजी का बदला लेने के लिए सौगन्ध ली है। यदि तुममें राजपूती स्वाभिमान है, यदि तुम में देश के उद्धार की इच्छा है, यदि तुम अपनी निर्दोष वृद्धा माताओं, बहिनों और बेटियों की लाज रखना चाहते हो, तो शत्रुओं से बदला लेने की सौगन्ध उठाओ!"

दुर्गादास के जलते हुए शब्द सुनकर वीर राजपूतों का रक्त उमड़ उठा और एक साथ ही सब सरदार बोल उठे, "हम बदला लेंगे! जीते-जी आपकी आज्ञा पालन करेंगे।" तुरन्त सभी ने म्यान से तलवारें खींच लीं और दुर्गादास के पीछे-पीछे चल दिये।

आधी रात बीत चुकी थी। जान की बाजी खेलने वालों का दल कंटालिया पहुँचा और किले पर धावा बोल दिया। द्वार बन्द

था। उसे तोड़कर सब अन्दर जा घुसे, जो सामने आया, उसे वहीं ठंडा कर दिया। हथियारों की झनझनाहट सुनकर शमशेरखाँ चौंक उठा। सामने देखा तो वीर दुर्गादास खड़ा था। दुर्गादास ने कहा, ''ओ! निर्दोष अबला पर हाथ उठाने वाले पापी शमशेर, सावधान!''—अपने काल को सामने देख शमशेरखाँ गिड़गिड़ाने लगा।

दुर्गादास ने कहा, ''सँभल जा। राजपूत कभी निहत्थे शत्रु पर वार नहीं करते। देख यह वही तलवार है, जिसने वृद्ध माँजी का रक्त पान किया है। अभी यह प्यासी है, अब तेरे रक्त से इसकी प्यास मैं बुझाऊँगा।'' शमशेरखाँ सजग होकर सामने आया कि तभी वीर दुर्गादास ने एक ही वार में उसका सिर उड़ा दिया। तब तलवार वहीं फेंक दी और अपने सहायक शूर-वीरों को साथ ले कल्याणगढ़ की ओर चल दिया।

दुर्गादास की इच्छा थी, कि माँजी का अग्नि-संस्कार कर दिया जाय। इसीलिए कल्याणगढ़ गया भी था; परन्तु मुगल सिपाहियों ने पहले ही दुर्गादास का घर ही नहीं, सारा कल्याणगढ़ ही फूँक दिया था। अपने गाँव की दशा देख, बेचारे की आँख में आँसू भर आये। थोड़ी देर मौन खड़ा रहा। फिर क्रोध में आकर बोला, ''भाइयो! जब कोई अपराध न करने पर शत्रुओं ने माँजी को मार डाला, घर-बार लूट लिया और सारा गाँव जला दिया, तो फिर उससे मेल की क्या आशा की जा सकती है। ऐसे हत्यारों से मेल करके हम मारवाड़ को अपमानित नहीं कर सकते। हमारा धर्म केवल पहाड़ियों में छिपकर जान बचाना नहीं है। अब तो गाँव-घर न होने पर मारवाड़ ही हमारा घर है; वृद्धा माँजी की जगह मारवाड़ की पवित्र भूमि ही हमारी माता है; इसलिए जब तक अपनी माता के संकटों को दूर न कर लूँगा, (म्यान से तलवार निकाल कर) तब तक म्यान से निकली हुई तलवार फिर म्यान में न रखूँगा।''

यह प्रण करके वीर दुर्गादास अपने बेटे, भाई और थोड़े से राजपूतों को साथ ले अरावली पहाड़ की ओर चला गया।

चौथा परिच्छेद

वीर दुर्गादास से बिदा होकर नाथू दूसरे दिन माड़ो पहुँचा। दुर्गादास का सेवक जानकर द्वारपाल उसे महाराज महासिंह के पास ले गया। महासिंह ने नाथू को आदर के साथ बैठाया, और वीर दुर्गादास का सन्देशा सुना। थोड़ी देर उदास मन हाथ-पर-हाथ धरे बैठे रहे। फिर बोले, "नाथू! बड़े दुःख की बात है कि जिसके लिए दुर्गादास ने मुगलों से बैर किया, वह राज्य-सुख भोगे! धिक्कार है ऐसे जीवन पर! अपने प्राण बचाने वाले की नेकियों का कुछ भी बदला न दे सका। नाथू! मैं कल ही तुम्हारे साथ चलूँगा।"

महासिंह की स्त्री तेजोबाई, जो वहीं बैठी-बैठी यह कथा सुन रही थी, बोली, "महाराज! दुर्गादास की सहायता का विचार भूल कर भी न करना। अभी आपके घाव भी अच्छे नहीं हुए और फिर मुगलों का सामना करने का साहस करने लगे। मैं नहीं जानती, आप मुट्ठी-भर राजपूत लेकर इतने बड़े मुगल बादशाह का सामना कैसे करेंगे? पतिंगों के समान दीपक में जल मरना कोई चतुराई है? दुर्गादास ने बैर करके क्या लाभ उठाया? परोसी हुई सोने की थाली में लात मारी। जोरावरखाँ को मारकर कौन सुख पाया? यही न कि घर-बार लुटवाया, माँजी की हत्या करायी और अब जंगलों-पहाड़ों की हवा खाते फिरते हैं। क्या आप भी ऐसे सिरफिरों की सहायता करके राज्य खोना चाहते हैं? ये वाक्य महासिंह के कलेजे में तीर की तरह लगे; परन्तु घर में ही फूट न पैदा हो जाय, इसलिए क्रोध नहीं

किया। बोला, ''तेजोबाई! क्या दुर्गादास सिरफिरा है, जिसने तेरी बेटी की लाज रखी और तेरे सुहाग की रक्षा की? दुर्गादास ने अपने लिए नहीं; किन्तु मेरे प्राण बचाने के लिए मुगलों से बैर बसाया। यदि जोरावरखाँ मारा न गया होता, तो आज तेरी और तेरी बेटी लालबा की ईश्वर जाने कौन दशा होती। हा! समय निकल जाने पर तू ऐसे वीर पुरुष को मूर्ख कहती है। धिक्कार है तुझे और तेरे जन्म-दाता को! ब्रह्मा को तुम्हें क्षत्राणी न बनाना था! तेजबा राज-सुख की भूखी थी, उसे महासिंह की सिखावन कैसे अच्छी लगती? उठकर दूसरी जगह चली गयी। और अपने भतीजे मान सिंह को बुलाकर बोली, ''बेटा! अपने काका को समझा दो, बैठे-बैठाये का झगड़ा अपने सिर न लें। इसमें कोई भलाई नहीं।'' मानसिंह ने कहा, ''काकी! यह दूसरे का झगड़ा नहीं। यह अपना ही है। वीर दुर्गादास ने मुगलों से जो बैर बढ़ाया, वह हमारे ही कुल की लाज रखने के लिए, इसमें दुर्गादास का क्या स्वार्थ था? दुखियों की सहायता करना, राजपूतों का धर्म है। फिर दुर्गादास ने तो हमारे ही लिए ही कष्ट उठाया, यदि उसकी सहायता न की जाय, तो काकी! क्या हमारी राजपूती में कलंक न लगेगा? यदि काका का जाना तुम्हें अच्छा ना लगता हो, तो मैं चला जाऊँगा।''

मानसिंह काकी से बिदा हो, महासिंह के पास आया, और बोला, ''काकाजी! अभी आपके घाव अच्छे नहीं हुए हैं; इसलिए आप अपने लश्कर का सरदार मुझे बनाकर दुर्गादास की सहायता के लिए जाने की आज्ञा दीजिए।'' महासिंह अपने भतीजे के साहस पर बड़े प्रसन्न हुए, और तीन सौ वीर राजपूतों को बुलाया। मानसिंह ने उनके सामने खड़े होकर कहा, ''भाइयो! मैं किसी राजपूत को उसकी इच्छा के बिना ही अपने साथ युद्ध पर ले जाना नहीं चाहता। यदि किसी को अपने स्त्री-पुत्र अथवा अपने प्राणों का मोह हो, तो अच्छा है कि वह अभी से अपने घर चला जाय। सबल शत्रु के सामने से भागकर राजपूतों की

हँसाई न करे।'' शूरवीरों ने कहा, ''महाराज! देश को स्वतन्त्र किये बिना आगे बढ़ा हुआ पैर अब पीछे नहीं पड़ सकता। मरने पर स्वर्ग और जीते रहने पर सुख और यश, सब प्रकार भलाई ही है। मानसिंह वीरों को उत्साहित देख बड़े प्रसन्न हुए। तुरन्त तीन सौ की तीन टोलियाँ बनायीं। एक टोली रूपसिंह उदावत के साथ भेजी, और दूसरी टोली मोहकमसिंह मैड़तिया के साथ किसी दूसरे ही मार्ग से भेजी। थोड़े-थोड़े राजपूतों को पृथक्-पृथक् मार्गों से भेजने का कारण यह था, कि इतने हथियार-बन्द राजपूतों को एक साथ जाते हुए देखकर मुगलों को सन्देह अवश्य होगा। रोक-टोक में मार-काट तो राजपूतों के लिए कोई अनहोनी बात थी ही नहीं। उसका फल यह होता कि अपने काम में बाधा पड़ती। और दुर्गादास की सहायता करना तो दूर रहा, अपनी ही रक्षा कठिन होती। इन्हीं अड़चनों के बचाव के लिए दो टोलियाँ पहले भेज दीं, और तीसरी टोली मानसिंह ने अपने साथ ले जाने के लिए रोक ली।

झुटपुटा हो चला था। मानसिंह तेजबा और लालबा से बिदा होकर बाहर आये। चाहते थे, कि राजपूतों को चलने की आज्ञा दें, अचानक दक्षिण की ओर देखा, तो काले बादलों के समान हवा में उड़ते हुए, मुगल सिपाही चले आ रहे थे। देखते ही मानसिंह खबर देने भीतर गया। इधर मुगलों ने गढ़ी घेर ली। राजपूत लड़ाई के लिए तो सजे खड़े ही थे; भिड़ गये और घमासान मार-काट होने लगी। महासिंह ने कहा, ''बेटा मानसिंह! जैसे बने, वैसे लालबा को यहाँ से निकाल ले जाओ, हम केवल कुल को कलंक लगने को ही डरते हैं, मरने को नहीं।'' मानसिंह झपटकर लालबा के पास पहुँचा और समझा-बुझाकर उसे सुरंग वाली कोठरी में ले गया। लालबा बोली, ''भाई! वृद्ध नाथू को किसी प्रकार बचाना चाहिए।'' मानसिंह ने लालबा से कहा, ''अच्छा बहन! तुम यहीं खड़ी रहो, मैं नाथू के लिए जाता हूँ। यदि मेरे आने में देर हो, तो सीधी चली जाना, थोड़ी ही दूर

पर तुमको एक महेन्द्रनाथ बाबा की मढ़ी मिलेगी। तुम वहीं बाबा के पास ठहरना, मैं आ जाऊँगा।" मानसिंह सुरंग का मुँह बन्द कर बाहर आया। देखा, तो मुगल सिपाही गढ़ी के चारों ओर भर गये हैं। चन्द्रसिंह जो लालबा की सुन्दरता पर मोहित था, पागलों के समान कोठरी-कोठरी में लालबा की ही खोज कर रहा था। मानसिंह एक झरोखे से छिपकर देख रहा था, अचानक तीन सिपाही उधर ही पहुँच गये। मानसिंह ने तुरन्त ही तीनों को यमपुर भेज दिया। और वहाँ से हटकर दूसरी ओर चला! यहाँ भी एक मुगल सिपाही दिख पड़ा। मानसिंह उसे मारना ही चाहता था, कि किसी ने पीछे से कहा, "अरे! यह खुदाबख्श है।" हाथ रोक लिया। मुड़कर देखा, तो नाथू खड़ा था! तुरन्त ही तीनों मिलकर सुरंग में उतरे। लालबा अभी यहीं खड़ी थी। पुकारा, "भाई मानसिंह! क्या नाथू को ले आये?" नाथू ने कहा, "हाँ बेटी, मैं कुशल से हूँ, और खुदाबख्श को भी साथ लाया हूँ।" लालबा ने चलते-चलते पूछा, "नाथू! हमारे माता-पिता की क्या दशा होगी?" नाथू ने कहा, "बेटी! दोनों मेरे ही सामने पकड़ लिये गये थे। इसके बाद क्या हुआ, मैं नहीं जानता, मुझे तो महाराज ने भाग जाने का संकेत किया। मैं उनका अभिप्राय समझकर भागा। बेटी! अपने लिए नहीं; किन्तु लोहे वाली सन्दूकची के लिये।"

खुदाबख्श ने कहा, "बेटी लालबा! अपने माता-पिता की चिन्ता न करो। मैं मुसलमान हूँ; इसलिए मुझे अपने पकड़े जाने का भय तो था ही नहीं, वहीं खड़ा रहा और सबकी सुनता रहा। थोड़ी ही देर में सारा भेद खुल गया। देशद्रोही चन्द्रसिंह ने तो मँगनी के लिए महाराज को एक पत्र लिखा था। कदाचित् यह बात तुझे न मालूम हो। महाराज उस दुष्ट के स्वभाव से परिचित थे; इसलिए उसकी विनय पर जरा भी ध्यान न दिया। उसी बात पर चन्द्रसिंह ऐंठ गया और महाराज को नीचा दिखाने का उपाय सोचने लगा। दैवयोग से किसी प्रकार उसे नाथू का आना

और वीर दुर्गादास की सहायता के लिए वहाँ से राजपूतों का भेजा जाना मालूम हो गया। वह तुरन्त मुगल सरदार इनायतखाँ के पास दौड़ा गया और महाराज को राजद्रोही बता कर माड़ो पर चढ़ाई करा दी। यह सब था तेरे ही लिए; परन्तु ईश्वर की कृपा थी, कि तू उस देशद्रोही दुष्ट के हाथ न लगी; नहीं तो आज बड़ी खराबी होती। जब लाख ढूँढ़ने पर भी चन्द्रसिंह ने तेरा पता न पाया, तब तेरे माता-पिता को पकड़ कर सोजीतगढ़ में रखने का विचार किया। ईश्वर ने चाहा तो दो-तीन दिन में ही वे छूट जाएँगे।''

सुरंग समाप्त हो गयी, तो मानसिंह ने आगे बढ़कर सुरंग का मुँह खोला और एक-एक करके सबको बाहर निकाला। मढ़ी में मनुष्यों की आहट पाते ही बाबा महेन्द्रनाथजी आ पहुँचे। सबों ने उठकर प्रणाम किया। बाबाजी ने आशीर्वाद दिया। मानसिंह ने पूछने के पहले ही मुगलों का धावा और अपने भागने का कारण कह सुनाया। बाबाजी ने लालबा की ओर देखा और उसकी पीठ पर हाथ फेर कर बोले, ''बेटी! अब किसी बात की चिन्ता न करो। यहाँ आनन्द से रहो, तुम्हारे लिए अभी एक दासी बुलाये देता हूँ। बेटी! यहाँ किसी की सामर्थ्य नहीं, कि तुम्हें कष्ट पहुँचा सके!'' बाबाजी ने सबको ढाढस दिया और सोने के लिए स्थान बताकर दूसरी मढ़ी में चले गये। डर और चिन्ता में नींद कहाँ? जैसे-तैसे रात कटी, सवेरा हुआ, खुदाबख्श ने जाने की आज्ञा माँगी। बाबा महेन्द्रनाथ ने कहा, ''बेटा! ऐसे उतावले क्यों हो रहे हो? चले जाना।'' खुदाबख्श ने कहा, ''बाबाजी! मुसलमान हूँ; इसलिए मुझे मुसलमानों को अत्याचार करते देख लाज लगती है। सच्चे मुसलमानों का धर्म नहीं, कि दूसरे की माँ-बेटी का सतीत्व नष्ट करे, दुखियों को सताये! बहादुर सिपाही कहलाकर अबलाओं पर हाथ उठाये। अब मुझे क्षमा कीजिए और आज्ञा दीजिए, जहाँ तक हो सके, इस देश से शीघ्र ही चला जाऊँ। फिर वह मानसिंह से बड़े प्रेम के साथ

गले मिला। दोनों ने परस्पर तलवारें बदलीं और खुदाबख्श बाबाजी को प्रणाम कर चल दिया।'' थोड़ी दूर चलकर पीछे मुड़ा और बोला, ''भाई मानसिंह! हमारी तलवार से प्राणों की भिक्षा माँगने वाले किसी कायर को ना मारना।'' मानसिंह की आँखों से आँसू आ गये। खड़े-खड़े एक टक इस सच्चे मुसलमान सिपाही की ओर देखते रहे, जब तक वह आँखों से ओझल न हो गया।

अभी बाबा महेन्द्रनाथ, नाथू, लालबा और मानसिंह बैठे खुदाबख्श की ही बातचीत कर रहे थे, कि देखा—कुछ मुगल सिपाही एक राजपूत को बड़ी निर्दयता से मारते हुए लिए चले जा रहे हैं। बाबाजी से देखा न गया। स्वभाव दयावान था। दौड़कर पूछा, ''भाई, इस बेचारे को क्यों मार रहे हो?'' सिपाहियों ने कहा, ''बाबाजी! यह राजद्रोही महासिंह का पक्षपाती है, इसके पास महासिंह की अँगूठी भी है। बाबा महेन्द्रनाथ ने कहा यह तो कोई प्रमाण नहीं। थोड़ी देर के लिए मान लो, इसने यह अँगूठी किसी से छीन ली हो अथवा महासिंह ने ही किसी को दे डाली हो, और यह चुरा लाया हो, तो इस पर महासिंह का पक्षपाती होने का दोष कैसे लग सकता है? तुम्हारे धर्म-ग्रन्थ कुरान में किसी निर्दोष का मारना महापाप लिखा है। इसलिए इसे अभी छोड़ दो। हम इससे निजी तौर से पूछ लें, यदि दोषी ठहरेगा, तो तुमको सौंप देंगे; नहीं तो छोड़ देंगे।'' बाबाजी की बातें सरदार को जँच गयीं, और राजपूत को छोड़ दिया।

बाबाजी राजपूत को अपनी मढ़ी में ले आये, और पूछा, ''बेटा यह महासिंह की अँगूठी कहाँ से लाये, और कहाँ लिये जा रहे थे?'' राजपूत ने कहा, ''स्वामीजी! आपने हमारे प्राण बचाये हैं, इसलिए आप पर भरोसा करना तो उचित है ही; परन्तु आप ही प्राण क्यों न ले लें, उस समय तक कुछ न बताऊँगा, जब तक मुझे यह विश्वास न हो जाए कि आप हमारे हितू हैं।'' राजपूत की आवाज नाथू को कुछ पहचानी हुई जान पड़ी। बाहर

आया देखते ही राजपूत ने पहचान लिया, और बोला, "नाथू! तू यहाँ क्या कर रहा है? महासिंह ने दुर्गादास की सहायता करने का कोई प्रबन्ध किया या नहीं?" नाथू अचम्भे में आकर बोला, "क्या सहायता नहीं पहुँची? कल ही दो सौ की दो टोलियाँ भेजी गयी हैं।" राजपूत ने कहा, "नहीं नाथू! अभी कोई नहीं पहुँचा। मुसलमानों ने चारों ओर से घेर लिया है। अब कहीं भोजन का भी ठिकाना नहीं! यदि दो दिन और यों ही बीते, तो फिर मारवाड़ का सर्वनाश हो जाएगा।" बाबा महेन्द्रनाथ ने गरजकर कहा, "क्यों निराश होते हो? मारवाड़ स्वतन्त्र होगा और वीर दुर्गादास का मनोरथ सफल होगा। पुरुष हो पुरुषार्थ करो, उपाय करो। आज ही रात को अपने काका कल्याणसिंह के पास जाओ और जो कुछ भी सहायता मिल सके, लेकर अरावली पहुँचो। तुम्हारी जय होगी।"

बाबा महेन्द्रनाथ की आज्ञानुसार मानसिंह और करणसिंह बहन लालबा से बिदा हो लगभग आधी रात को कल्याणसिंह के घर पहुँचे। देखा, तो चौकीदार भी बेखबर सो रहे थे। जगाया, तो एक-एक करके सब ही जग पड़े। ठाकुर कल्याणसिंह ने मानसिंह को इतनी रात को आये देखा, तो घबरा उठे। पूछा, "बेटा मानसिंह! कुशल तो है?...कैसे आये?" मानसिंह पैर छूकर बैठ गया, और बोला, "काकाजी, क्या आपने माड़ो के समाचार नहीं सुने? दुष्ट चन्द्रसिंह अपने साथ सरदार इनायतखाँ को लाया, और गढ़ी लूट ली, काका और काकी को पकड़ ले गया। यह सब कुछ बहन लालबा के लिए था। दुर्गादास ने भी लालबा तथा काकी की रक्षा के लिए ही जोरावरखाँ को मारा था, जिसका फल अब भी भोग रहा है। घर लुटा, गाँव जला, माँजी की हत्या हुई, अरावली की पहाड़ी में जा छिपा, वहाँ भी सुख नहीं, चारों ओर से मुगलों ने घेर रखा है; इसलिए काकाजी, हम चाहते हैं, कि ऐसे उपकारी पुरुष की आप ही

कुछ सहायता करें।'' कल्याणसिंह ने कहा, ''बेटा! यह तो सच है; परन्तु हमारा छोटा-सा गाँव है, कहीं औरंगज़ेब को मालूम हो गया, तो सत्यानाश कर डालेगा। हम कहीं के न रहेंगे। डर तो यही है।'' मानसिंह ने कहा, ''काकाजी! राजपूत कभी इतना डर कर तो नहीं रहे, जितना आप डरते हैं। देश की स्वतन्त्रता पर मर मिटना राजपूतों का धर्म ही है और यदि आप हिचकते ही हैं, तो आप स्वयं युद्ध के लिए न जाइए, थोड़े से वीर राजपूत, जो आपकी आज्ञा में हों, सहायता के लिए भेज दीजिए। इसमें आप पर किसी प्रकार का दोष नहीं लगाया जा सकता।'' मानसिंह के समझाने और हठ करने पर कल्याणसिंह ने साठ राजपूतों को दुर्गादास की सहायता के लिए जाने की आज्ञा दे दी। मानसिंह दूसरे दिन शाम को साठ राजपूतों को साथ लेकर अरावली की ओर चल पड़ा।

पाँचवाँ परिच्छेद

कंटालिया के सरदार शमशेरखाँ के मारे जाने की खबर पाते ही औरंगज़ेब आपे में न रहा; तुरन्त आज्ञा दी, "दुर्गादास को जैसे हो सके, पकड़ कर हमारे सामने लाया जाए, जीता हुआ या मरा हुआ, जैसा भी हो।" दूसरे ही दिन मुगलों ने चारों ओर से अरावली को घेर लिया। ऊपर चढ़कर राजपूतों का सामना करने का कोई साहस नहीं कर पा रहा था; इसलिए भूखों ही मार डालने की सलाह हुई। पहाड़ी पर न किसी को आने दें और न जाने दें। यहाँ तक कि लोथ भी खोल कर देख लेते थे। बेचारे दुर्गादास और उसके साथी राजपूतों को कन्द-मूल भी खाने के लिए मिलना कठिन हो गया। आज तीन उपवास हो चुके थे। दुर्गादास अपने साथी राजपूतों का कष्ट न देख सका। बोला, "आज नाथू को गये चार दिन हुए; परन्तु न आप ही आया और न सहायता के लिए कोई राजपूत ही भेजा। ठीक है, वह किसे भेजता, वह तो महासिंह के पास भीख माँगने गया था। भाइयो! एक समय था, जब राजपूतों की वीरता संसार में बखानी जाती थी और थोड़े ही दिन हुए महाराज जसवन्तसिंह के मरने के बाद बीस हजार मुगल सिपाहियों पर ढाई सौ राजपूत टूट पड़े थे। आज वहीं राजपूत मुट्ठी-भर मुगलों से डर कर घर से नहीं निकलते। भाइयो! अच्छा होगा कि तुम सब भी अपने-अपने घर जाओ, मुझे और मेरे अभागे देश को भगवान के भरोसे छोड़ दो। मेरे साथ क्यों भूखों मरोगे? मैं तो जो प्रण

कर चुका, वह कर चुका। रहूँगा तो स्वतन्त्र होकर, नहीं तो भू-माता के लिए लड़कर सदैव के लिए माता की पवित्र गोदी में सो रहूँगा।''

दुर्गादास को उदास देखकर, राजपूतों ने उत्तेजित होकर कहा, ''महाराज, जो आपका प्रण वही हमारा प्रण। जहाँ महाराज, वहीं हम सब। जब तक मारवाड़ स्वतन्त्र न कर लेंगे जीते-जी घर नहीं लौटेंगे।''

भूखों मरते हुए राजपूतों का ऐसा साहस देख, वीर दुर्गादास की मुरझाई हुई आशा-लता एक बार फिर हरी हो गयी तथा मुख पर प्रसन्नता झलक उठी। बोला, ''अच्छा, तो भूखों मरने से लड़कर मरना ही अच्छा। सहायता मिले या न मिले। चलो इस पहाड़ी के नीचे उतरें।''

यह रास्ता बड़ा बीहड़ था। मनुष्य तो क्या, पशु भी जाते डरते थे; परन्तु मरता क्या न करता, वही कहावत थी। लोग नीचे उतरने लगे। इतने में दुर्गादास ने राम-नाम सत्य है!—सुना तो वहीं ठहर गये। देखा, तो सामने से चार आदमी एक अर्थी ला रहे हैं, उसके पीछे एक आदमी अधजला कंडा और हाँडी लटकाये है। पीछे-पीछे लगभग सौ आदमी और हैं, और सब-के-सब इधर ही आ रहे हैं। दुर्गादास को सन्देह हुआ, कि श्मशान तो उधर है, ये सब हमारी ओर क्यों आ रहे हैं? जब उन आदमियों ने अर्थी वीर दुर्गादास के सामने उतारी और लगे खोलने, तो दुर्गादास और भी चकराया। सोचने लगा—हे भगवान्! यह बात क्या है? अर्थी खुलते ही एक वीर राजपूत उठकर दुर्गादास के पैरों पर गिर पड़ा। दुर्गादास ने आशीर्वाद देकर पूछा, ''भाई, तुम कौन हो? यह सब मैं कौतुक देख रहा हूँ या स्वप्न में?'' रूपसिंह उदावत ने, जो पीछे रह गया था, आगे बढ़कर राम-जुहार की, और बोला, ''महाराज! इस वीर राजपूत का नाम गम्भीरसिंह है, आपके पास आने के लिए इधर-उधर विकल घूम रहा था, दैवयोग से यह हमें मिला।

हम लोग भी इसी की भाँति व्याकुल थे। क्या करते? चारों ओर से मुगलों ने पहाड़ी घेर रखी है। गम्भीरसिंह ने यही उपाय सोचा और ऐसी साँस चढ़ायी कि तीन जगह खोलकर देखने पर भी मुगलों को सन्देह न हुआ। सच पूछिए, तो आपको सहायता पहुँचाने वाला महासिंह नहीं; वरन गम्भीरसिंह ही है।''

दुर्गादास ने गम्भीरसिंह को छाती से लगा लिया और कहा, ''बेटा गम्भीरसिंह! आज हमें विश्वास हो गया कि मारवाड़ देश तेरा आजन्म ऋणी रहेगा। तेरी चतुराई, साहस और परिश्रम के बल पर ही मारवाड़ स्वतन्त्र होगा।'' रूपसिंह उदावत ने कहा, ''महाराज! सूर्य अस्त हो चुका, मार्ग अटपटा है, अँधेरा हो जाने से कष्ट की सम्भावना है। इसलिए जहाँ तक हो सके, शीघ्र ही चलिए। राजपूत भी भूखे हैं। और इस मार्ग की रोक पर मुगल भी इने-गिने हैं। बस थोड़ा ही परिश्रम करने पर पौबारह है।'' वीर दुर्गादास की आज्ञा पाते ही राजपूत पहाड़ी से उतरे और भूखे सिंह के समान मुगलों पर टूट पड़े। क्षण-मात्र में ही वीर राजपूतों ने सैकड़ों मुगलों का सिर धड़ से अलग कर दिया। इतने मुगलों में से कोई बेचारा घायल भी न बचा कि अपने सरदार को खबर देता।

वीर दुर्गादास अब निश्चिन्त था, किसी प्रकार की बाधा दिखाई न देती थी। अरावली की पहाड़ियों को पार करके लोग एक मैदान में यह सलाह करने के लिए जमा हुए कि अब क्या करना चाहिए, कहाँ चलना चाहिए। यकायक किसी की इस आवाज ने सबको चौंका दिया, ''अरे दुष्ट! मुझे क्यों मारता है? क्यों नष्ट करता है? मैंने तेरा क्या बिगाड़ा है? अरे रक्षा करो, कोई बचाओ? पापी! अबला पर क्या बल दिखाता है? अच्छा मुझे भी तलवार दे!'' वीर दुर्गादास उधर ही दौड़ा, जिधर से यह आवाज आ रही थी। पीछे-पीछे गम्भीरसिंह और जसकरण भी थे। दुर्गादास ने यह तो देखा, कि एक अबला पर एक पुरुष बलात्कार करना चाहता है; परन्तु अन्धकार के कारण पहचान

न सका। डपट कर पूछा, ''कौन है तू?'' वह मनुष्य बोला, ''जा, जा, मैं कौन हूँ, तू पूछने वाला कौन है ? मैं क्या कर रहा हूँ, तुझे इससे प्रयोजन ?'' दुर्गादास ने कहा, ''सीधे नहीं बताएगा ?'' इतना कहना था कि वह आदमी तलवार खींच सामने आया, और चाहता था कि दुर्गादास पर वार करे, इसके पहले ही गम्भीरसिंह ने उसका सर धड़ से अलग कर दिया। दुर्गादास ने उस युवती से पूछा, ''बेटी ! तुम कौन हो और यह दुष्ट कौन था ? इसने तुमको कहाँ पाया ?'' उसने कहा, ''बाउसा ! मैं माड़ो के राजा महासिंह की कन्या लालबा हूँ, और यह पापी चन्द्रसिंह था, जो अपने किये का फल पा गया।'' दुर्गादास ने पीछे किसी की आहट पायी, मुड़कर देखा, कि जसकरण और गम्भीरसिंह दौड़े जा रहे हैं। दुर्गादास हाथ में तलवार लिये लालबा की रक्षा के लिए वहीं खड़ा रहा। थोड़ी ही देर में गम्भीरसिंह और जसकरण हाथों में बागडोर पकड़े पाँच घोड़े ले आये; और बोले, ''महाराज ! इस पापी के तीन साथी और थे। हमने उन्हें देख लिया और पीछा किया। यह चाहते थे कि घोड़े पर चढ़कर भाग जाएँ; परन्तु यह कैसे होता ? उन्हें तो मौत खींच लायी थी। वह तो नरक गये और घोड़े आपके लिए छोड़ गये।''

लालबा ने गम्भीरसिंह को बोली से पहचाना और पुकारा, ''भाई गम्भीरसिंह ! क्या विपत्ति में आप भी हमको नहीं पहचानते ?'' गम्भीरसिंह ने कहा, ''कौन...लालबा ! अरी तू यहाँ इन पापियों में कैसे आ फँसी ?'' लालबा ने कहा, ''माता तेजबा के कारण। भाई, तेजबा में क्षत्राणी की कुछ भी ऐंठ नहीं, वह सदैव राज-सुख की भूखी रहती है; कदाचित् पापी चन्द्रसिंह ने किसी प्रकार का लालच देकर तेजबा को फँसाया हो, और उसने अपनी अँगूठी दे दी हो। वह जानती थी, कि लालबा मेरी अँगूठी पाकर अवश्य ही अँगूठी देने वाले के साथ चली आवेगी।'' गम्भीरसिंह ने कहा, ''बहन लालबा ! यह कैसे विश्वास किया जाय, कि तेजबा ने चन्द्रसिंह को अँगूठी दी है ? जब इनायतखाँ

ने तेजबा और काका महासिंह को पकड़ लिया, तो हो सकता है कि अँगूठी उतरवा ली हो'' लालबा ने कहा, ''नहीं, मान लिया जाय कि चन्द्रसिंह ने अँगूठी छीन ली थी, तो फिर हमारा पता कैसे पाता, कि मैं सुरंग से बाबा महेन्द्रनाथ की मढ़ी में पहुँची, और वहीं रुकी रही। भाई, ऐसे ही तर्कों से मुझे विश्वास हो गया कि तेजबा के सिवा दूसरे ने कपट नहीं किया।'' गम्भीर बोला, ''अच्छा लालबा! यह तो बता, कि जब तू चन्द्रसिंह को पहचानती थी, और उसके स्वभाव से भी परिचित थी, तब उसके माया-जाल में क्यों फँसी?'' लालबा बोली, ''भाई, तेजबा की अँगूठी ले जाने वाला कोई दूसरा ही राजपूत था। उसने जाकर कहा, कि तेजबा ने लालबा को बुलाया है; क्योंकि महासिंह बहुत दुखी हैं, और यही चाहते हैं कि लालबा उनकी आँख के सामने रहे। तो मैं मोह से अन्धी हो गयी। विश्वास के लिए अँगूठी थी ही। बस बाबा महेन्द्रनाथ से बिदा हो, इस पापी के साथ चल दी। इसके बाद इस विपत्ति में आ फँसी। ईश्वर ने पापियों की इच्छा पूरी होने के पहले ही मेरी रक्षा के लिए आपको भेज दिया।''

वीर दुर्गादास ने उसे धैर्य दिलाते हुए कहा, ''बेटी! अब मैं तुझे ऐसे अच्छे और सुरक्षित स्थान में रखूँगा, जहाँ किसी प्रकार की शंका न होगी।'' लालबा ने कहा, ''नहीं! अब मैं कहीं भी अकेली रहना नहीं चाहती। यदि आप मेरी रक्षा करना चाहते हो, तो अपने ही साथ रहने दो। मैं भी अब सिपाहियों के वेष में ही रहूँगी और यथाशक्ति आपकी सहायता करूँगी। मुझे इससे अच्छा अपनी रक्षा का उपाय अब नहीं सूझता।''

वीर दुर्गादास एक बालिका में इतना साहस देख बड़ा प्रसन्न हुआ; और उसे अपने साथ रखना स्वीकार कर लिया। गम्भीरसिंह ने चन्द्रसिंह के कपड़े उतार कर दिये और उन्हें पहनकर लालबा तुरन्त ही एक वीर राजपूत बन गयी। हाथ में तलवार पकड़ी और घोड़े पर सवार हो दुर्गादास के पीछे-पीछे चल दी। थोड़ी

दूर चलने पर किसी के आने की आहट मिली। गम्भीरसिंह बड़ा साहसी था। तुरन्त ही आगे बढ़ा। देखा कि लगभग पचास-साठ मुनष्य इधर ही चले आ रहे हैं। अब चन्द्रमा का प्रकाश भी हो चला था। देखने से राजपूत ही जान पड़ते थे। पास आते ही गम्भीरसिंह ने पूछा, "कौन?" किसी ने इसके उत्तर में कहा, "तुम कौन?" गम्भीरसिंह इस आवाज को पहचानता था, घोड़े से उतर पड़ा। बोला, "भाई मानसिंह! मैं हूँ गम्भीर और मानसिंह का हाथ पकड़े हुए उसे दुर्गादास के सामने ला खड़ा किया। दुर्गादास ने मानसिंह को बड़े प्रेम से गले लगाया। उसने लालबा की ओर देखा; परन्तु पहचान न सका, पूछा, "भाई जसकरण! यह राजपूत कौन है?" जसकरण के कुछ कहने के पहले ही लालबा ने कहा, "भाई मानसिंह! मैं हूँ आपकी बहन लालबा।" मानसिंह लालबा की ओर बड़े आश्चर्य से एक टक देखता रहा। फिर पूछा, "बहन लालबा, तू यहाँ कैसे आयी?" लालबा ने आदि से लेकर अन्त तक सारी बातें फिर दुहरा दीं। मानसिंह ने कहा, "जो ईश्वर करता है, अच्छा ही करता है। बहन हमने तो तुम्हारी रक्षा का उचित प्रबन्ध किया था; परन्तु भाग्य का लिखा कैसे मिट सकता है?"

जब यह लोग लश्कर में पहुँचे, तो देखा कि मोहकमसिंह मेड़तिया भी उपस्थित है। अब तो वीरों की संख्या बहुत हो गयी। मालूम होता है, मारवाड़ के भाग्य उदय हुए। दुर्गादास अपनी आशा-लता को फूलते देख बड़ा ही प्रसन्न हुआ। वह मोहकमसिंह से गले मिलकर बैठ गया और सलाह करने लगा। सोजीतगढ़ पर चढ़ाई करने की राय ठहरी; क्योंकि महासिंह को छुड़ाना और सोजीतगढ़ का अपनाना, एक पन्थ दो काज था। दुर्गादास ने वीर राजपूतों को उसी जंगल में विश्राम करने की आज्ञा दी; क्योंकि रात आधी से अधिक बीत चुकी थी। सोजीतगढ़ पहुँचने का समय न था। चढ़ाई करने की बात रात ही में थी। दिन में मुट्ठी भर राजपूत थे ही क्या, जो सोजीतगढ़

में मुगल सिपाहियों का सामना करते; इसलिए रात वहीं काटी। दूसरे दिन जंगलों में छिपते-छिपाते पहर रात बीते सोजीतगढ़ की चौहद्दी पर पहुँचे और धावा करने के समय की प्रतीक्षा करने लगे।

गम्भीरसिंह बड़ा जोशीला था। देश के लिए अपने प्राण हथेली पर लिये फिरता था। दुर्गादास से बिना पूछे-पाछे गढ़ी की टोह लेने चल दिया और बारह बजने के पहले ही लौट आया। गढ़ी पर जय पाने के उपाय जो कुछ सोचे थे और जो कुछ देखा था, दुर्गादास से कह सुनाया। सबने गम्भीरसिंह की बुद्धि की बड़ी बड़ाई की, और उसके कहे अनुसार अपने राजपूत वीरों को फाटक के आसपास लगा दिया। रूपसिंह, जसकरण, मानसिंह और तेजकरण, यह चारों गम्भीरसिंह के साथ, गढ़ी की पिछली दीवार के ऊपर चढ़ गये।

गम्भीरसिंह ने इन चारों को तो फाटक के ऊपरवाली छत पर छिपा दिया और आप दक्खिन की ओर चला गया। कमर से चकमक निकाल एक छप्पर में आग लगा दी। अब तो जिसे देखो, वही आग बुझाने दौड़ा चला आता है। घात पाकर चारों राजपूत कूद पड़े और गढ़ी का फाटक खोल दिया। फिर क्या था? दुर्गादास राजपूत वीरों को लेकर गढ़ी में घुस पड़ा और लगी मार-काट होने। एकाकी धावे ने मुगलों के पैर उखाड़ दिये। जलती आग में कौन प्राण देता है। भाग खड़े हुए। बहुतों ने हथियार छोड़ वीर दुर्गादास की शरण ली। हथियार छोड़े हुए बैरी पर सच्चे राजपूत कभी वार नहीं करते। अस्तु, मारकाट बन्द हो गयी। मानसिंह ने इनायतखाँ का पता लगाया। मालूम हुआ, वह पहले ही प्राण ले भागा।

गम्भीरसिंह ने बादशाही झण्डा उखाड़ फेंका और अपना राजपूती पंचरंगा झण्डा गढ़ी पर फहरा दिया। जसकरण, तेजकरण तथा रूपसिंह को गढ़ी की चौकसी सौंप दुर्गादास, मानसिंह और लालबा महाराज महासिंह के पास पहुँचे। देखा, महाराज एक

पलंग पर पड़े-पड़े अपने दाँतों से ओठ चबा रहे हैं और न-जाने मन-ही-मन क्या सोच रहे हैं। अभी घाव भी नहीं भरे थे, कराहते हुए जो करबट बदली, तो सामने इन तीनों को देखा। बोले, "हाय! क्या तुम भी पकड़ में आ गये? बेटा मानसिंह! बेचारी लालबा कहाँ होगी? पापी चन्द्रसिंह तो उसके पीछे ही पड़ा है। हमारा तो सर्वनाश ही हो गया। हाय! मृत्यु भी रूठ गयी!" मानसिंह ने कहा, "काकाजी! पापी चन्द्रसिंह तो यमपुर पहुँच गया। और लालबा यह खड़ी है। हम लोग बन्दी होकर नहीं आये हैं। वीर दुर्गादास ने आपको माँडो का ही नहीं, सोजीतगढ़ का भी राजा बना दिया है। पापी इनायत कहीं भाग गया। अब गढ़ी पर राजपूती झण्डा फहरा रहा है।"

महासिंह को कदाचित् ही कभी पहले ऐसे प्यारे शब्दों को सुनने का अवसर मिला हो, वह खुशी से फूला न समाया। हृदय धड़कने लगा। तुरन्त पलँग से उठकर वीर दुर्गादास को गले लगा लिया। फिर मानसिंह और लालबा को प्यार से छाती से लगाया। तेजबा, जो इस समय दूसरे कमरे में थी, बाहर आदमियों की बोल-चाल सुनकर अपने कमरे के द्वार पर आ खड़ी हुई और बातचीत सुनने लगी। लालबा का नाम सुनते ही चौंकी, उसकी छाती धड़कने लगी। अपनी करतूत पर आप ही पछताने और लजाने लगी। मानसिंह ने लालबा की एक-एक बात महासिंह से कह सुनायी। महासिंह थोड़ी देर चुप बैठा रहा। न-जाने क्या-क्या सोच गया। फिर लालबा को तेजबा के पास भेज दिया। रात एक पहर से कम रह गयी थी। वीर दुर्गादास ने सब थके हुए राजपूतों को विश्राम करने की आज्ञा दी। शेष रात आनन्द से कटी। सबेरा हुआ। सोजीतगढ़ के आस-पास के गाँवों के रहने-वाले राजपूतों ने जब सोजीतगढ़ पर राजपूती झण्डा फहराते देखा, तो बड़े आश्चर्य में आये और पता लगाने लगे। अब उन्हें अपनी विजय का विश्वास हुआ और झुण्ड-के-झुण्ड सोजीतगढ़ आने लगे। जितने राजपूत सरदार दिल्ली की लड़ाई से बच आये

थे, धीरे-धीरे सब ही अपनी-अपनी सेना लेकर वीर दुर्गादास की सहायता के लिए इकट्ठे हो गये। अब सोजीतगढ़ में चारों ओर हथियारबन्द राजपूत सेना ही सेना दिखाई पड़ने लगी। जिसे देखिए वह मारू राग ही गाता था और अकेले ही दिल्ली पर विजय पाने का साहस दिखाता था। वीर दुर्गादास ने राजपूतों को ऐसा उत्साहित देख, ईश्वर को धन्यवाद दिया और जोधपुर पर चढ़ाई करना निश्चित किया। सब सरदारों ने हाँ-में-हाँ मिलायी। जब यह बात तेजबा को मालूम हुई, तो झीखने लगी। मानसिंह को अपने पास बुला कर कहा, ''बेटा! हमारा सन्देश दुर्गादास को सुनाओ और कहो, ''यह कौन-सी चतुराई है, कि जीत कर भी हार लेने चले हैं? हम लोगों को नाले से निकाल कर अब समुद्र में डालना चाहते हैं? आप तो सोजीतगढ़ छोड़कर जोधपुर युद्ध करने जा रहे हैं, यहाँ हमारी रक्षा कैसे होगी? यदि दुर्गादास ऐसा करना ही चाहते हैं, तो हमें हमारे पीहर भेज दें और आप जो चाहे करें!'' मानसिंह ने कहा, ''काकी! यह कौन कहता है कि तुम्हें अकेले ही सोजीतगढ़ में छोड़ दिया जाएगा? यहाँ गढ़ी की रक्षा के लिए एक हजार सेना रखी जाएगी और वीर रूपसिंह उदावत सेनानायक रहेंगे। काकाजी भी यहीं रहेंगे; क्योंकि अभी वह लड़ाई के योग्य नहीं हैं, यद्यपि घाव सूख गये हैं।''

मानसिंह ने बहुत कुछ समझाया; परन्तु तेजबा ने अपना हठ न छोड़ा। विवश होकर मानसिंह को वीर दुर्गादास से कहना ही पड़ा। दुर्गादास ने कहा, ''अच्छा ही है, चलो पहले इसी काम से निपट लें।'' दूसरे दिन सूर्य उदय होते-होते, दुर्गादास, महासिंह, जसकरण, तेजकरण, मानसिंह और गम्भीरसिंह अपने-अपने घोड़ों पर सवार हो तेजबा के डोले के पीछे-पीछे चल पड़े। रूपसिंह ने थोड़ी-सी सेना भी साथ जाने के लिए सजायी थी; परन्तु दुर्गादास ने उनमें से केवल पच्चीस विश्वासी वीरों को अपने साथ लिया और सबको सोजीतगढ़ में ही रहने की

आज्ञा दी। कहार बड़े ही तेज थे, राह में केवल एक घने वृक्ष की छाया में थोड़ी देर विश्राम लिया और जलपान कर थोड़ा दिन रहते-रहते तेजबा को उसके पीहर पहुँचा दिया। तेजबा का भाई पृथ्वीसिंह गढ़ी के फाटक पर ही मिला। महासिंह इत्यादि को देख घबरा उठा। पूछा, "जीजाजी कुशल से तो हैं?" महासिंह ने पृथ्वीसिंह को सन्तोष देने के लिए संक्षेप में अपना कुशल समाचार कह सुनाया। और दुर्गादास को अपना प्राणरक्षक बताकर बड़ी प्रशंसा की। पृथ्वीसिंह ने बड़े प्रेम से वीर दुर्गादास को अपने गले लगाया और सबको आदर के साथ ले जाकर चौपाल में बैठाया। थोड़ी देर इधर-उधर की बातें होती रहीं। किसी ने गम्भीरसिंह की चतुरता की बड़ाई की, तो किसी ने जसकरण की वीरता की।

पृथ्वी की परिक्रमा करते हुए जब पश्चिम में सूर्य भगवान अस्त हुए, तो पूर्व में चन्द्रमा उदय हुआ। चारों ओर रुपहली चादर बिछ गयी। महासिंह और दुर्गादास एकान्त में बैठकर, जोधपुर पर चढ़ाई करने के उपाय सोचने लगे। इतने में एक द्वारपाल ने आकर देसुरी से आये हुए धावत की सूचना दी। वीर दुर्गादास ने उसे अन्दर बुला लिया। देखा तो गुलाबसिंह था। दुर्गादास ने पूछा, "क्यों गुलाबसिंह, क्या समाचार लाये?"

गुलाबसिंह ने कहा, "महाराज! आपके सोजीतगढ़ फतह करने की खबर जब देसुरी में आयी, तब ऐसा कोई भी राजपूत का घर न था, जहाँ आनन्द-बधाई न बजी हो; परन्तु सरदार इनायतखाँ न-जाने कैसे वहाँ पहुँच गया। यह उत्सव देख कर वह जल उठा। सब सिरमौर राजपूतों को अपने दरबार में बुला भेजा। किसी कारण आपके ससुर ठाकुर नाहरसिंह और हमारे पिता को देर हो गयी। इनायतखाँ ने और सब दरबारियों को तो बहुत तरह की धमकी देकर बिदा किया; परन्तु इन दोनों को थोड़ी देर ठहरने को कहा। दोनों ठहर गये—सरल स्वभाव वीर पुरुष भला यह क्या जानते थे कि छली इनायत आपका

बदला उन बेचारों लेना चाहता है। जब इनायतखाँ ने देखा सब राजपूत चले गये, तो इन बेचारों पर बलवा करने का अपराध लगाया और उनके सिर कटवा दिये। मैंने जब यह समाचार सुना, तो तुरन्त सोजीतगढ़ दौड़ गया। वहाँ मालूम हुआ, आप वाली में हैं। उलटे पैरों यहाँ भागता आया। ईश्वर की कृपा थी, कि आप से भेंट हो गयी। अब आप जो उचित समझें करें।''

देसुरी के समाचार सुन कर वीर दुर्गादास मारे क्रोध के काँपने लगा और बोला, ''जसकरण! तुम अभी जाओ और सोजीतगढ़ से अपना लश्कर लेकर बारह बजे से पहले देसुरी पहुँचो। मैं दुष्ट इनायत को आज ही यमपुरी भेजूँगा।'' गुलाबसिंह ने कहा, ''महाराज! ठाकुर रूपसिंह उदावत ने जिस समय देसुरी की खबर सुनी थी, उसी समय उन्होंने लगभग एक हजार वीरों को आपकी सहायता के लिए वाली भेजा है। कदाचित् वे सब आ भी गये हों! वीर दुर्गादास जैसे ही द्वार पर आये, राजपूतों के जय-जयकार शब्द से आकाश गूँज उठा—मरूदेश स्वतन्त्र हो! वीर दुर्गादास की जय हो! वीर दुर्गादास सबों को यथोचित सम्मान दे, घोड़े पर सवार हो लश्कर के आगे-आगे चले। पीछे जसकरण, तेजकरण, मानसिंह तथा गम्भीर इत्यादि चले। जब गाँव थोड़ी दूर रह गया, तो दुर्गादास ने अपने वीरों को दबे-पाँव चलने की आज्ञा दी, जिससे किसी को कानों-कान खबर न हो और पापी इनायात का महल घेर लिया जाए। वीरों ने वैसा ही किया। दूसरों की तो क्या, अपनी चाप आप ही नहीं सुन सकते थे। चारों ओर सन्नाटा-ही सन्नाटा छा गया। अब धीरे-धीरे लश्कर गाँव में पहुँच गया। एकाएक दुर्गादास ने किसी के रोने की आवाज सुनी। मानसिंह को आगे बढ़ने की आज्ञा दे, आप उस ओर चला, जिधर से रोने की आवाज आ रही थी। घर का द्वार खुला था, वह भीतर चला गया। देखा, तो सामने एक मुरदा पड़ा था और सिरहाने बैठी एक बुढ़िया सिर पीट-पीट कर रो रही थी। दुर्गादास को देखते

ही और फूट–फूट कर रोने लगी। दुर्गादास ने बुढ़िया से रोने का कारण पूछा। बुढ़िया ने कहा, "बेटा! मैं तेरी स्त्री की धाय हूँ। छुटपन में मैंने उसे जो दूध पिलाया है, आज उसके बदले में अपने स्वामी की मौत का बदला मुगलों से लेना ही तुमसे माँगती हूँ।" वीर दुर्गादास ने बुढ़िया के सामने मुगलों से बदला लेने का प्रण किया और वहीं चिता बना कर मुरदे का अग्नि–संस्कार कर दिया। तब एक जलता हुआ चैला चिता से निकाल, इनायत के घर की ओर चल दिया। रास्ते में गम्भीरसिंह मिला। दुर्गादास के हाथ में एक परचा देकर बोला, "महाराज, यह किले की सामनेवाली दीवार पर चिपका हुआ था। मैं इसे आप ही को दिखाने के लिए उखाड़ लाया हूँ। देखिए, इसमें एक तरफ उन राजपूतों के नाम हैं, जो मारे जा चुके हैं और दूसरी तरफ उनके नाम हैं, जो पकड़े गये हैं और जिन्हें अब फाँसी की आज्ञा होगी। महाराज! अब मुझसे रहा नहीं जाता। देखिए, इस सूची में हमारे वृद्ध पिता केसरीसिंह का भी नाम है। यद्यपि सब ही राठौर हमारे लिए पिता के समान हैं और कारागार में दशा भी सबकी एक–सी है, तथापि मैं अपने पिता के दुःख को औरों के देखते अधिक समझता हूँ; क्योंकि मैं अपने पिता की इच्छा के विरुद्ध, देश–सेवा के लिए, एक वर्ष से अधिक हुआ, घर से निकला था, और अभी तक उनके पास नहीं गया। कुटुम्ब की देखभाल के लिए मैं या मेरे पिता जी ही थे; इसलिए पहले तो पिताजी को मेरी ही चिन्ता थी, अब अपनी और कुटुम्ब की भी हो गयी।" दुर्गादास ने कहा, "बेटा! धैर्य धरो, जिस ईश्वर ने सोजीतगढ़ विजयी कराया है, वही देसुरी पर भी विजय दिलाएगा। और तुम्हारे पिता को ही नहीं; बल्कि मारवाड़ देश को ही मुगलों से मुक्त कराएगा। चलो, इनायत को आज ही उसके कर्मों का प्रतिफल दें।"

यह कहकर दुर्गादास किले की पिछली दीवार के पास पहुँचा। मालूम हुआ कि राजपूतों ने फाटक तोड़ डाला और

गढ़ी में घुस गये। गम्भीरसिंह भी उसी तरफ लपका। शामत का मारा, इनायत फाटक पर ही मिल गया; चाहता तो था, कि कहीं प्राण लेकर भाग जाय; परन्तु होनी कहाँ टल सकती है? गम्भीरसिंह के पहले ही वार में अधमरा हो गया, उस पर वीर दुर्गादास ने जलता हुआ चैला उसके मुँह में घुसेड़ दिया। इनायत के तो प्राण-पखेरू उड़ गये, अब था कौन जो मुगल सेना को उत्साह दिलाता? आधी मुगल सेना को वीर राजपूतों ने तलवार के घाट उतार दिया। बचे-बचाये वीर दुर्गादास की शरण में आये। वीर राजपूतों ने सबको प्राण-दान दे दिया। मानसिंह और गम्भीरसिंह दौड़ते हुए कारागार की ओर गये। शमशेरखाँ ने, जो वहाँ का मुखिया था, इन दोनों को आते देख, बिना कहे ही द्वार खोल दिया। दोनों अन्दर चले गये। गम्भीरसिंह ने अपने पिता को देखा। पैरों पर गिर पड़ा। केसरीसिंह ने साल-भर से बिछुड़े हुए बेटे को प्रेम से छाती से लगा लिया, और आनन्द के आँसुओं से उसका मुँह धो दिया। दोनों का ही गला रुँध गया था। किसी के मुँह से थोड़ी देर तक एक शब्द भी न निकला। दोनों एक दूसरे को एकटक देखते रहे। अन्त में, केसरीसिंह ने अपने को बहुत कुछ सँभाला; परन्तु फिर भी आँसू न थमे। रोते हुए बोले, "बेटा गम्भीर! तुम्हारे छिपकर भाग जाने के बाद से आज तक मुझे केवल यही सन्देह था, कि न-जाने तुम कुशल से हो या नहीं; इसलिए इतना दुःख न था; परन्तु आज तुम्हें अपनी आँखों से, अपने ही समान दशा में देखकर दारुण दुःख होता है। अपना कुछ वश नहीं।" गम्भीरसिंह मुस्कराकर बोला, "पिताजी! अब न तो मैं कारागार में हूँ, और न आप! ईश्वर ने आपकी प्रार्थना स्वीकार कर ली। मारवाड़ को अब आप शीघ्र ही अपने पहली दशा में देखिएगा। वीर दुर्गादास ने अपने बाहुबल से सोजीतगढ़ जीतकर, आज देसुरी पर छापा मारा, और इनायत को उसके पापों का पूरा-पूरा फल दिया। अब आज इस किले पर भी राजपूती झण्डा फहरा रहा है।" केसरीसिंह के लिए

इससे अधिक आनन्द की और कौन बात होती? आनन्द से फूल उठा, रोमांच हो आया, गम्भीर को फिर छाती से लगा लिया। उतावला होकर वीर दुर्गादास से मिलने के लिए चल दिया।

इधर मानसिंह ने और सब राजपूत बन्दियों को बड़े मान और आदर के साथ कारागार से बाहर निकाला। जय-ध्वनि आकाश में गूँजने लगी। चारों तरफ से सब राजपूतों ने दुर्गादास को घेर लिया। वीर दुर्गादास बड़ी नम्रता के साथ हर एक का यथोचित सम्मान करता हुआ प्रेम से गले मिला। सूर्य भगवान भी आनन्द लूटने के लिए उदयाचल से चल पड़े। सबेरा होते ही देसुरी के किले पर राजपूतों का झण्डा उड़ते देख, छोटे-बड़े सब राजपूत गाते-बजाते खुशी मनाते हुए, वीर दुर्गादास के दर्शनों के लिए आ पहुँचे। इस समय राजपूतों में निराला जोश था। कायर भी तलवार खींचकर मारवाड़ को स्वतन्त्र कराने के लिए सौगन्ध खा रहा था। आज देसुरी का ऐसा कोई भी राजपूत न होगा, जिससे दुर्गादास विनयपूर्वक न मिला हो। अब दिन एक पहर के लगभग ढल चुका था, दुर्गादास सबसे मिल-भेंटकर अपनी ससुराल चला गया और यथायोग्य अपने आत्मीयों से मिला। भोजन किया, और शाम होने के पहले ही किले पर लौट आया।

देसुरी के सरदार सुरतानसिंह, केसरीसिंह, इत्यादि एकान्त में बैठकर विचार करने लगे कि मुगल बादशाह का किस प्रकार सामना किया जाय और मारवाड़ में शान्ति किस प्रकार स्थापित की जाय। उसी समय एक धावत वीर दुर्गादास के नाम पत्र लेकर पहुँचा। दुर्गादास ने पत्र लेकर गम्भीरसिंह को बाँचकर सुनाने के लिए दे दिया। गम्भीरसिंह पत्र पढ़ने लगा—"दयालु दुर्गादास! आपके देसुरी चले जाने के बाद मुगलों ने घात लगाकर वालीगढ़ पर धावा किया। यहाँ कोई बड़ी सेना तो थी ही नहीं और जो कुछ थी भी, वह सजग न थी। मामाजी भी अपने को

मुगलों का सामना करने में असमर्थ समझ, प्राण ले भागे। मुगलों ने गढ़ी लूटी, और हम तीनों हतभागियों को पकड़कर जोधपुर ले आये। यहाँ पिताजी पर राजद्रोह का अपराध लगाया गया, और प्राणदण्ड की आज्ञा हुई। अब यदि दो दिन के अन्दर ही हम लोगों को इस विपत्ति से छुटकारा न हुआ, तो मारवाड़ का स्वतन्त्र होना या न होना हमारे लिए समान है। इति।

आपकी कृपाभिलाषिनी,

—लालबा।''

पत्र सुनते ही वीर दुर्गादास के आग-सी लग गयी। पास बैठे हुए सरदारों की भी त्योरियाँ चढ़ीं, और मानसिंह तथा गम्भीरसिंह का कहना ही क्या! नवीन रक्त थोड़ी-सी भी आँच से उबल पड़ता है। सब तमतमा उठे। देसुरी के सरदारों ने लगभग अठारह हजार राजपूत सेना इकट्ठी कर दी। तुरन्त ही वीर दुर्गादास ने एक हजार सेना वालीगढ़ की रक्षा के लिए भेज दी। दो हजार सेना देसुरी में छोड़ी। बाकी पन्द्रह हजार अपने साथ जोधपुर ले जाने के लिए तैयार करायी। हालाँकि पन्द्रह हजार तो क्या, पच्चीस हजार राजपूत सेना भी जोधपुर पर चढ़ाई करने के लिए, मुगलों के सामने मुट्ठी भर ही थी। परन्तु यहाँ तो सत्य का पक्ष था। पुरुषार्थ पुरुष करता है, तो सहायता ईश्वर करता है। यही भरोसा और विश्वास था।

रात एक पहर व्यतीत हो चुकी थी। गम्भीरसिंह वीर दुर्गादास के पास आया और बोला, ''महाराज, सेना तैयार है, कूच की आज्ञा दीजिए।'' इतने में कहीं से डंके की आवाज सुनाई पड़ी। दुर्गादास चौकन्ना-सा गढ़ी के बाहर आया। अब तो डंके की चोट के साथ-साथ जय-ध्वनि भी सुनाई पड़ने लगी, ''महाराजा राजसिंह की जय! अजीतसिंह की जय! मारवाड़ की जय!'' वीर दुर्गादास का मन-मयूर घटाटोप सिसौदी सैन्य देखकर नाचने लगा। समझ गया कि उदयपुर के महाराणा ने मेरे पत्र के उत्तर में यह सेना भेजी है। अगवानी के लिए आगे बढ़ा। राणा राजसिंह

का ज्येष्ठ पुत्र जयसिंह वीर दुर्गादास को आते देखकर घोड़े से उतर पड़ा, और प्रेम से गले मिला। कुशल-क्षेम के बाद दुर्गादास ने कहा, "ठाकुर साहब! यदि थोड़ी देर आप और न आते, तो हमारा लश्कर जोधपुर के लिए कूच कर चुका था।" जयसिंह ने कहा, "क्यों? हमारा तो मन था, कि पहले अजमेर पर छापा मारा जाय; परन्तु आपने क्या सोचकर मुट्ठी भर राजपूतों के साथ जोधपुर पर धावा करने का विचार किया?"

दुर्गादास ने कहा, "भाई जयसिंह! मैं जोधपुर जाने के लिए विवश था। ठाकुर महासिंहजी अपने कुटुम्ब सहित शत्रुओं के हाथ पड़ गये हैं। इस समय वे सब जोधपुर में हैं, और ठाकुर साहब को फाँसी की आज्ञा भी हो चुकी है। अब आप ही बताइए, ऐसे समय में हम लोगों का क्या धर्म है?" महासिंह का हाल सुनते ही, जयसिंह जोश में आ गया, बोला, "भाई दुर्गादास! अब हम लोगों का यहाँ एक क्षण भी विश्राम करना उचित नहीं। हम अपने साथ दस हजार सवार और पच्चीस हजार पैदल सेना लाये हैं, इसका शीघ्र ही प्रबन्ध करो।" वीर दुर्गादास ने पचास हजार एकत्र सेना के पाँच भाग कर डाले। तीन हजार सवार और सात हजार पैदल सेना का नायक मानसिंह को बनाया। इसी प्रकार अन्य चार भागों को क्रमशः यशकरण, केसरीसिंह, जयसिंह और करणसिंह को सौंपा। आप सारी सेना का निरीक्षणक बना और अपनी रक्षा के लिए तेजकरण और गम्भीरसिंह को दायें-बायें रखा।

कूच का डंका बजा, जय-घोष से आकाश गूँज उठा। राजपूत वीर रणचंडी की पूजा करने के लिए जोधपुर की ओर चल दिये। वीर दुर्गादास के समान सब राजपूतों ने अपना देश स्वतन्त्र करने की सौगन्ध ली थी। सब ही देश पर मर मिटने के लिए तैयार थे। सेना में कोई ऐसा राजपूत न था, जिसे स्वेदशाभिमान न हो। रात-भर चलने पर भी किसी को जोश के कारण थकावट न आयी। भोजन की किसी को इच्छा न थी, इच्छा थी तो

घमासान युद्ध की। दुर्गादास ने सवेरा होते ही एक घने पहाड़ी प्रदेश में पड़ाव डाला। दो घड़ी दिन बाकी था। कूच का डंका बजा और सेना चल दी। रात्रि के पिछले पहर जोधपुर की चौहद्दी पर जा पहुँची। वीर दुर्गादास की आज्ञानुसार जयसिंह ने गढ़ का पूर्व द्वार और करणसिंह ने पश्चिम द्वार घेर लिया, जिससे न तो किले से कोई सेना बाहर आ सके और न बाहर से भीतर ही जा सके। बस्ती की चौकसी के लिए केसरीसिंह अपनी दस हजार सेना लेकर डट गये। ऐसी व्यूहरचना से दुर्गादास का केवल यही अभिप्राय था, कि मुगलों को किसी तरफ से किसी प्रकार की सहायता न मिल सके। शेष दो भाग सेना बाहर से आने वाली मुगल सेना की रोक के लिए और थकी हुई राजपूत सेना की कमक के लिए थी। राजपूत भी जोश में भरे थे और रात का पिछला पहर भी छापा मारने के लिए अच्छा था! कोई मुगल सरदार शौच के लिए गया था, तो कोई नमाज पढ़ रहा था। सारांश यह कि सब लोग गाफिल थे। जितना समय उनको सजग होने में लगा, उतना ही समय राजपूतों को किले का फाटक तोड़ने में लगा। द्वार टूटते ही राजपूत सेना भीतर घुसी और घमासान मार-काट होने लगी। किले पर मारू बाजा बजने लगा। रणचण्डी थिरक-थिरक कर भाव दिखाने लगी। अल्ला हो अकबर! की एक तरफ और हर-हर महादेव! की दूसरी तरफ से आवाजें गूँजने लगीं। जोशीले वीर राजपूतों की दुतरफा मार ने मुगलों के पैर उखाड़ दिये।

मुगल सरदार दिलावरखाँ, ऊँचे स्वर से मुगल सिपाहियों को जोश दिलाने के लिए कहने लगा, "निमकहरामी गुनाह है। गुलाम बनकर रहने से मौत बेहतर है। अहले इस्लाम! उन्हें कसम कुरान मजीद की है, जो जीते-जी मैदान से भागे।" मुगलों में एक क्षण के लिए फिर जोश पैदा हो गया। लौट कर भूखे बाज की तरह राजपूत सेना पर टूट पड़े। वह समय पास ही था, कि राजपूत त्राहि-त्राहि करके भागे; परन्तु बचायी हुई

सेना लेकर तुरन्त ही वीर दुर्गादास आ पहुँचा। दोनों ओर चम-चम बिजली-सी तलवारें चमक रही थीं। बाण चल रहे थे, जय के माते राजपूत वीर 'हर-हर महादेव' कहते हुए आगे बढ़ रहे थे। इतने में किसी अन्यायी मुगल ने वीर दुर्गादास पर पीछे से तलवार का वार किया। ईश्वर की कृपा थी, जो गम्भीरसिंह ने देख लिया, नहीं तो वीर दुर्गादास की जीवन-लीला यहीं समाप्त हो जाती। गम्भीर ने उस दगाबाज को इतने जोर से धक्का मारा, कि वह अपने को किसी प्रकार सँभाल न सका और धड़ाम से पृथ्वी पर गिर पड़ा। गम्भीर तुरन्त उसकी छाती पर चढ़ बैठा। अपनी जान संकट में देख उसने दुर्गादास की दुहाई दी। वाह रे दयावीर! ऐसी नीचता का काम करने वाले मुगल को भी तुरन्त प्राण-भिक्षा दे दी! जब मुगल सेना ने गम्भीर को उस मुगल सरदार की छाती पर चढ़ते देखा, तो 'इनायतखाँ मारा गया' का शोर मच गया। मुगल सिपाही अपने ही घायलों को रौंदते हुए भागने लगे। वीर दुर्गादास चकराया हुआ खड़ा था—यह इनायतखाँ कौन? इसको तो मैंने देसुरीगढ़ के द्वार पर मारा था। तब भेद खुला, कि इनायतखाँ एक सिपाही को, जिसकी सूरत उसकी सूरत से मिलती थी, अपने कपड़े पहना कर देसुरी से भाग गया था। वही नकली इनायतखाँ वहाँ मारा गया था।

सहसा ऊपर से दिलावरखाँ ने ऊँचे स्वर से पुकार कर कहा, "दुर्गादास! अगर महासिंह की जान बचाना चाहते हो, तो अभी अपनी सेना किले से बाहर ले जाओ।" दुर्गादास ने ऊपर देखा, कि दुष्ट दिलावरखाँ ने महासिंह के गले में फाँसी की रस्सी डाल रखी है। वीर दुर्गादास की आँखों में आँसू भर आये और तुरन्त ही राजपूत सेना को किले से बाहर निकल जाने की आज्ञा दी। महासिंह ने ऊपर से दुर्गादास को ललकार कर कहा, "वीर दुर्गादास! क्यों भूल रहे हो, क्या हमारे प्राण दूसरे राजपूतों के प्राणों से अधिक मूल्यवान हैं? क्या हमको अमर समझ रखा है? थोड़ी देर के लिए सब ही संसार में आये हैं, एक दिन

मरना अवश्य है; इसलिए अपनी विजय को पराजय में न बदलो।" महासिंह दुर्गादास को उत्तेजित कर रहा था और दिलावर गले में पड़ी हुई रस्सी में झटका देने को तैयार खड़ा था। गम्भीरसिंह अपने क्रोध को अधिक समय तक दबा न सका; तुरन्त ही इनायतखाँ को सामने खींच लाया और बोला, "अच्छा दिलावरखाँ! यदि तुम यही करना चाहते हो, तो करो। हम भी, जितने मुगल सरदार हमारे बन्दी हैं, सबको एक महासिंह के बदले में, तुम्हारी ही आँखों के सामने ऐसी बुरी तरह मारेंगे, कि पत्थर की आँखें भी रो देंगी। अब तो दिलावरखाँ के हाथ-पाँव फूल गये। गम्भीरसिंह को कुछ उत्तर न दे सका। वह जानता था, इनायतखाँ का राजदरबार में कितना मान है। यदि इनायतखाँ महासिंह के बदले में मारा गया, तो मेरी भी कुशल नहीं। तुरन्त महासिंह के गले से रस्सी निकाल फेंकी और बोला, "वीर दुर्गादास! मैं प्रतिज्ञा करता हूँ कि महासिंह को अब किसी प्रकार का कष्ट न पहुँचाया जाएगा और यदि सायंकाल तक बादशाह का कोई आज्ञापत्र न आया, तो किला आपके अधीन करके सन्धि कर लूँगा। व्यर्थ के लिए मैं बहुमूल्य रत्नों को मिट्टी में नहीं मिलाना चाहता।"

वीर दुर्गादास ने दिलावरखाँ की प्रार्थना स्वीकार कर ली। राजपूत सेना अपनी थकावट मिटाने के लिए समीप के ही एक पहाड़ी प्रदेश में चली गयी, और शोनिंगजी इत्यादि वृद्ध सरदारों ने घायल राजपूत वीरों को मलहम-पट्टी के लिए राजमहल में भेज दिया। यहाँ सब सामग्री इकट्ठी थी और किसी बात की कमी न थी; क्योंकि सरदार केसरीसिंह ने किले पर धावा होने के पहले ही राजभवन पर अपना कब्जा कर लिया था। बस्ती में किसी मुगल का पुतला भी न रह गया था। विशिष्ट मुगल सरदारों को केसरीसिंह ने बन्दी बनाकर राजभवन में ही कैद कर दिया। बेचारा इनायतखाँ भी वहीं पहुँच गया। इन सब आवश्यकीय कामों से छुट्टी पाकर शोनिंगजी वीर दुर्गादास से मिले। सब सरदार एकत्र होकर दिलावरखाँ की कही हुई बातों

पर विचार करने लगे। दुर्गादास ने कहा, "भाइयो! इस कपटी को दिल्ली से किसी प्रकार की सहायता मिलने की पूर्ण आशा है, इसी कारण इसने सायंकाल तक युद्ध बन्द रखने की प्रार्थना की है; इसलिए मेरा विचार है, कि मुगल सेना आने के सब मार्ग पहले ही से रोक दिये जाएँ, और किले में पहुँचने से पहले ही यहीं निपट लिया जाए। मैदान की लड़ाई में सब प्रकार की सुविधा है।" वीर दुर्गादास की सलाह सबने पसन्द की और मार्ग के दोनों ओर थोड़ी-थोड़ी राजपूत सेना पहाड़ी खोहों में छिपा दी गयी।

दिन लगभग दो पहर बाकी था। एक भेदिये ने मुगल सेना के आने के समाचार कहे। दुर्गादास ने प्रसन्न होकर राजपूत वीरों को सजग कर दिया। थोड़ी ही देर में सामने से बादशाही झंडा फहराते हुए मुगल सरदार मोहम्मदखाँ के साथ एक भारी मुसलमानी दल आता दिखाई पड़ा। ज्यों ही यह सेना पहाड़ी दर्रे में आयी, दुर्गादास ने डंके पर चोट मारी, इधर वीर राजपूत जयघोष करते हुए अपने शत्रुओं पर टूट पड़े। उधर साहसी वीर गम्भीरसिंह और तेजकरण दोनों ने झपट कर बादशाही झंडा नीचे गिराया। एक ने मुहम्मदखाँ को पकड़ा और दूसरे ने राजपूती झंडा खड़ा किया।

सरदार पकड़ा गया, तो बादशाही सेना निराश होकर भागने लगी; परन्तु राजपूत वीरों ने वीर दुर्गादास की आज्ञानुसार मुगल सेना को पीछे भागने से रोका, क्योंकि भेदिये ने सत्तर हजार सेना के तीन भागों में आने के समाचार दिये थे। यदि पराजित मुगल सेना पीछे जाती, तो सम्भव था, कि दूसरी आने वाली सेना सजग रहती, फिर तो वीर दुर्गादास को थोड़े से राजपूत वीरों को लेकर इतनी बड़ी मुगल सेना पर विजय पाना कठिन हो जाता। और हुआ भी ऐसा ही। जब तक पराजित मुगल सेना के हथियार छुड़ाये जाएँ, और आगे वाले दर्रे तक राजपूत सेना भेजी जाए, दूसरा मुसलमानी दल आ गया। इसका सरदार

तहव्वरखाँ बड़ा बहादुर था। अपनी सेना को उत्साहित करता हुआ बड़ी वीरता से लड़ने लगा। उस समय का दृश्य बड़ा ही भयानक था। वीर दुर्गादास रक्त से नहाया हुआ था। यशकरण, तेजकरण तथा गम्भीरसिंह का भी ऐसा कोई अंग न था, जहाँ गहरा घाव न लगा हो। एक ओर तहव्वरखाँ, दूसरी ओर वीर दुर्गादास अपने वीरों को उत्तेजित कर रहे थे। एक कुरान मजीद की सौगन्ध देता था, तो दूसरा बहन-बेटियों की लाज के लिए मर-मिटने को कहता था। सारांश यह कि दोनों दल बड़ी वीरता के साथ भीषण युद्ध कर रहे थे। दुर्गादास को घिरा देख मानसिंह आगे बढ़ा, और तहव्वरखाँ पर अपनी पूरी शक्ति से भाले का प्रहार किया। बेचारा घायल होकर जमीन पर जा गिरा। साथ ही यशकरण ने दिलावरखाँ का सिर काट लिया। बादशाही झंडा नीचा हुआ। मुगल सेना परास्त हुई और भाग निकली। राजपूतों की जय-ध्वनि चारों ओर गूँजने लगी। राजपूत इतने प्रसन्नचित थे, जैसे कभी किसी को कुछ परिश्रम ही न करना पड़ा हो। आश्चर्य तो यह था, कि मरण-प्राय घायल भी, उठकर जय-जय वीर दुर्गादास की जय! कहकर नाचने लगे।

वीर दुर्गादास ने तहव्वरखाँ से पूछा, ''खाँ साहब! आपके बादशाह सलामत ने इतनी ही सेना भेजी थी, या और भी?'' तहव्वरखाँ ने कहा, ''महाराज! अभी सरदार अकबरशाह के साथ लगभग बीस हजार मुगल सेना और आती होगी।'' वीर दुर्गादास ने उसी समय दोनों बादशाही झंडे, और तीनों सरदार इनायतखाँ, मुहम्मदखाँ और तहव्वरखाँ को थोड़ी सेना के साथ आगे भेजा। जब अकबर शाह की सेना समीप आयी, मानसिंह ने अकबर शाह से मिलकर वीर दुर्गादास का सन्देश कहा। और दोनों बादशाही झंडे दिखाये। अकबरशाह बड़ा ही शान्त था। दोनों बादशाही झंडों और सरदारों को बन्दी देख, अपना झंडा भी मानसिंह को सौंप दिया, और सन्धि का झंडा ऊँचा करके वीर दुर्गादास की शरण आया। अपनी तलवार दुर्गादास के सामने

रख दी। वीर दुर्गादास ने फिर तलवार उठाकर प्रेम से अकबर शाह को दे दी। विजय के बाजे बजने लगे।

दुर्गादास ने दिलावरखाँ की प्रतिज्ञानुसार किले को अपने अधीन करने और महाराज महासिंह को छुड़ाने के लिए, मानसिंह और गम्भीरसिंह को भेजा। इन दोनों को आते देख किले के रक्षकों ने आगे बढ़कर कुंजियाँ सौंप दीं; परन्तु इन दोनों में से कोई भी इस किले में पहले कभी न आया था; इसलिए एक रक्षक की सहायता से महासिंह के पास पहुँचे। जिस प्रकार किसी डूबने वाले को आधार मिल जाए, और वह दौड़कर उसे पकड़ ले, वैसे ही महाराज ने अपने भतीजे और भानजे को दोनों बाहों से घेरकर छाती से लगा लिया। प्रेम के आँसू आँखों में आ गये। गला भर आया। बड़ी कठिनता से बोला, "बेटा! हमारा प्राणरक्षक वीर दुर्गादास कुशल से तो है?" गम्भीरसिंह अपने सरदारों की कुशल के साथ-साथ देसुरी और जोधपुर की विजय कहानी कहने लगा। मानसिंह अपनी बहन लालबा के कमरे में पहुँचा, देखा एक दीपक जल रहा है, और सामने लालबा घुटना टेके पृथ्वी पर बैठी हुई जगत पिता परमेश्वर से प्रार्थना कर रही है । वह इतनी निमग्न थी, कि मानसिंह को अपने कमरे में आते न जाना। मानसिंह थोड़ी देर तक खड़ा रहा; परन्तु लालबा का ध्यान न टूटा। अन्त में मानसिंह ने पुकारा, "बहन! आज ईश्वर की कृपा से विजयी वीर दुर्गादास ने मुगलों को पराजित कर जोधपुर की राजश्री अपना ली! आज से अपना प्यारा देश स्वतन्त्र हुआ!" इसको लालबा ने आकाशवाणी समझा; परन्तु जब यह सुना कि मुझको वीर दुर्गादास ने तेरे बन्धन-मोक्ष के लिए भेजा है, तब आँखें खोल दीं और अपने प्यारे भाई मानसिंह को सामने खड़ा देखा। उन्मत्तों के समान उठ पड़ी और बोली, "प्यारे भाई! हमारी लाज बचाने वाला कुशल से तो है? संग्राम में कोई गहरा घाव तो नहीं लगा? हमारे प्यारे पिताजी तथा माता तेजबा तो प्रसन्न हैं?" लालबा का यह

अन्तिम प्रश्न पूरा भी न हुआ था कि तेजबा को साथ लिए हुए महाराज मानसिंहजी आ पहुँचे। लालबा को प्यार से छाती से लगाकर कारागार के बीते दुःखों को भूल गये। महासिंह गम्भीरसिंह के साथ वीर दुर्गादास से मिलने चले गये, और मानसिंह, तेजबा तथा लालबा को लेकर राजभवन चला गया।

छठा परिच्छेद

मानसिंह और गम्भीरसिंह को किले पर भेजने के पश्चात् वीर दुर्गादास ने चारों मुगल सरदारों को केसरीसिंह के साथ किया और राजमहल के पास लगे कारागार में कैद कर दिया। जोधपुर की रक्षा के लिए भी उचित प्रबन्ध किया। चारों तरफ विश्वासी रक्षकों तथा गुप्तचरों को नियुक्त किया। सब जरूरी कामों से निपटने के बाद एक छोटी-सी सभा की और राजपूत सरदारों की अनुमति पाकर आस-पास के गाँवों में रहने वाले मुग़लों को युद्ध-नीति के अनसुार पकड़कर कैद कर लिया; पर उनके साथ शत्रु का-सा नहीं, मित्र का-सा व्यवहार किया जाता था। वीर दुर्गादास की मंशा मुगलों को कष्ट पहुँचाने की न थी। केवल शत्रुओं पर राजपूत कैदियों को छोड़ देने के लिए दबाव डालना था।

दुर्गादास सदैव अपने देश और जाति की भलाई के लिए कमर कसे तैयार ही रहता था। कोई काम कैसा भी कष्ट-साध्य क्यों न हो, कभी नहीं हिचकता था, आज उसी साहस और देशभक्ति की बदौलत उसने अमर कीर्ति प्राप्त की है। मारवाड़ के बच्चे भी वीर दुर्गादास के नाम पर गर्व करते हैं।

जब जोधपुर की जीत का समाचार फैला, तो शत्रु भी मित्र बनकर बधाई देने इकट्ठा होने लगे और इतनी भीड़ हुई, कि जोधपुर में एकत्रित जनता समा न सकी; अतएव विवश होकर वीर दुर्गादास को जोधपुर के बाहर एक भारी मैदान में सभा

करनी पड़ी। पौष की पूर्णिमा के दिन राजप्रासाद से लेकर सभा-मंडप तक एक तिल रखने की भी जगह न थी। कभी कोई राजभवन से सभा की ओर जाता था, तो कोई सभा से राजभवन की ओर लौट आता था। उस समय चलती-फिरती जनता का दृश्य बड़ा ही अपूर्व था। मालूम होता था कि समुद्र उमड़ पड़ा है। ऐसा कोई न था, जिसको वीर दुर्गादास के दर्शनों की लालसा न हो। स्त्रियाँ झरोखों से झाँक रही थीं। जय- ध्वनि आकाश में गूँज रही थी तो चारों ओर से फूलों की वर्षा हो रही थी। अच्छा हुआ, कि वीर दुर्गादास राजभवन से पैदल ही चला, नहीं तो फूलों से दब जाता और बेचारे दर्शकों की लालसा धूल में मिल जाती; क्योंकि इनमें अधिकांश ऐसे भी थे, जो दुर्गादास को पहचानते न थे। वे अपने पास खड़े हुए मनुष्यों से पूछते थे, "भाई! इनमें से वीर दुर्गादास कौन है?" कोई अपने मित्रों को उँगली उठाकर बता रहा था। कोई एक दूसरे से कह रहा था, "भाई, मारवाड़ का विजेता, हमारी बहन-बेटियों के लाज की रक्षा करने वाला वीर दुर्गादास इस प्रकार सबको नमस्कार करता हुआ पैदल ही जा रहा है। धन्य है! देखो! इतना बड़ा काम करने पर भी, घमंड का नाम नहीं! यह मनुष्य नहीं देवता है। मनुष्य में यह गुण कहाँ?"

जनता धीरे-धीरे वीर दुर्गादास के साथ सभा-मंडप में पहुँची। यहाँ मारवाड़ देश की सभी छोटी-बड़ी रियासतों के सरदार बैठे हुए वीर दुर्गादास के आने की प्रतीक्षा कर रहे थे। देखते ही उठ खड़े हुए और बड़े आदर-भाव से वीर दुर्गादास को एक ऊँचे आसन पर ला बिठाया। विविध प्रकार के सुगन्धित फूलों के गजरे उनके गले में डाले, केसरिया चन्दन का लेप किया। उदयपुर के राणा राजसिंह के पुत्र भीमसिंह ने राजसी पोशाक भेंट की, जो राणा साहब ने दुर्गादास के लिए भेजी थी। दुर्गादास ने राणा साहब का उपहार बड़े सम्मान के साथ लिया, उसे माथे पर चढ़ा कर गद्दी पर रख दिया और जनता के सामने हाथ

जोड़कर कहने लगा, ''राजगुरु और प्यारे भाइयो! आज आप लोगों ने हमारा जो कुछ सम्मान किया है, मैं उसके लिए आपका आजीवन आभारी रहूँगा! यद्यपि, जो काम मैंने किया है, वह हर एक देशाभिमानी कर सकता था और मुगलों के अत्याचार से विवश होकर करता भी; परन्तु ईश्वर यह कीर्ति मुझको देना चाहता था; इसलिए प्रसंग भी वैसा ही आ बना। हमारे पूज्य, वृद्ध सरदार महासिंह को मुगलों ने कंटालिया में घेर कर मारना चाहा था, इनकी रक्षा करने में मेरे हाथों सरदार जोरावरखाँ का खून हुआ। मुगलों ने उसी खून के बदले में, मेरी वृद्ध माँजी की हत्या की, घर-बार लूटा और कल्याणगढ़ फूँक दिया। यद्यपि मैं मुगलों से इसका बदला लेने में असमर्थ था; परन्तु परमात्मा की कृपा और अपने देश-भाइयों की सहायता से, आज इस योग्य हुआ, कि जोधपुर में मुगलों को परास्त कर एक महती सभा कर सका। प्यारे भाइयो! इतनी आजादी होते हुए भी, मुझे एक बार और भीषण युद्ध होने की शंका है। क्या मुगल बादशाह आलमगीर अपना अपमान सह सकता है? नहीं, कदापि नहीं! वह एक बार दुनिया के कोने-कोने से अपनी सेना बटोर कर मारवाड़ पर धावा अवश्य बोलेगा; इसलिए मैं अपने देशवासियों से एक बार और सहायता करने की प्रार्थना करता हूँ। यदि आप लोग अपने पूज्य गुरु ब्राह्मणों के यज्ञोपवीत की, अपने मन्दिरों की मूर्तियों की रक्षा करना चाहते हो, अपनी बहन-बेटियों का सतीत्व बचाना चाहते हो, तो हमारा साथ दो, मारो और मर मिटो, 'आजादी या मौत' का प्रण करो। बीज जब तक मिट्टी में नहीं मिलता, कभी हरा-भरा होकर फल नहीं लाता। भाइयो! मुझे पहले बड़ी संख्या में सहायता क्यों नहीं मिली? इसका कारण यह था, कि हमारे राजपूत भाई यह समझते थे कि राजवंश का तो नाश हो गया, अब महाराज जसवन्तसिंह की गद्दी का उत्तराधिकारी कोई रहा नहीं, हम किसके लिए इतने बड़े मुगल बादशाह से वैर करें और अपना सत्यानाश करायें।

वे समझते थे कि दुर्गादास ने मुगलों से जो वैर ठाना है, वह राज्य के लालच में। भाइयो! मैं सर्वान्तर्यामी ईश्वर को साक्षी करके कहता हूँ, कि न मुझमें राज्य का लोभ था, न है और न कभी होगा। मेरे बहुत से भाइयों को अभी यह नहीं मालूम, कि महाराज जसवन्तसिंह का चिरंजीवी पुत्र अजीतसिंह अभी जीवित है और उसका पालन-पोषण गुप्त रीति से हो रहा है। उचित समय आने पर आप लोग राजकुमार का दर्शन करेंगे।''

वीर दुर्गादास इतना कहकर बैठ गया। जय-ध्वनि और फूलों की वर्षा हुई। इसके पश्चात् महाराज महासिंहजी उठे और जनता को नमस्कार कर बोले, ''भाइयो! वीर दुर्गादास ने मुगलों से वैर बसाने का जो कारण बताया, यह अक्षरशः सत्य है; दुर्गादास ने मारवाड़ देश अपने लिए नहीं जीता; परन्तु अपने पिता-तुल्य राजा जसवन्तसिंह की आज्ञापालन की। महाराज अपने सरदारों को अपने मरने के दस दिन पहले आज्ञा दे गये थे, कि यदि हाड़ी या माटी रानी से ईश्वर की इच्छा से हमारी गद्दी का वारिस जनमे, तो सब सरदारों का कर्तव्य होगा, कि मारवाड़ देश को मुगलों से छुड़ाकर राजकुमार को गद्दी पर बिठावें। आज वीर दुर्गादास ने अपना कर्तव्य पालन कर दिखाया। अब हम लोगों के लिए उचित है, कि जी तोड़कर वीर दुर्गादास की सहायता करें, जिससे वह समय शीघ्र ही आ जाए, कि सब राजपूत अपने राजकुमार को जोधपुर की गद्दी पर बैठे देखें!''

जनता एक ही आवाज में बोल उठी, ''हम लोग अपने राजकुमार के लिए, तथा मारवाड़ देश के लिए मर मिटने को तैयार हैं।''

महासिंह ने जनता का जोश देखकर अपने राजगुरु जयदेव की ओर देखा। गुरुजी ने वीरों को माघ सुदी पंचमी के दिन युद्ध पर जाने की अनुमति दी। सब सरदारों ने अपनी-अपनी सेना सहित मुहूर्त के एक दिन पहले ही आने की प्रतिज्ञा की। सभा विसर्जित हुई। एकत्रित जनता तथा राजपूत सरदारों ने एक

दूसरे से बिदा ली और वीर दुर्गादास की बड़ाई करते हुए अपने-अपने घर चले गये।

बेचारे दुर्गादास का घर तो कहीं रहा ही न था, इसलिए महासिंह आदि सरदारों को साथ लेकर राजभवन में लौट आया, और घायल राजपूतों तथा मुगलबन्दियों की देख-रेख में अपने दिन बिताने लगा। वह अपने अधीन कैदियों को कभी दुःख न देता; वरन् मित्र के समान व्यवहार करता था। मुहम्मदखाँ को तो बहुत मानता था। शत्रु हो अथवा मित्र, किसी की नेकी भी भूलता न था। क्षमा करने में तो एक ही था। इनायतखाँ ने दुर्गादास के लिए क्या नहीं उठा रखा था; परन्तु उसे भी क्षमादान दिया। कभी उन सबको बुलाता और कभी आप ही उनके पास जाता। रात-रात भर उनसे बातें करता रहता। उसके हृदय में मालिन्य का लेश मात्र भी न था।

धीरे-धीरे एक महीना बीता, और चारों ओर से बादलों के समान राजपूत सेनाएँ उमड़-घुमड़ कर चलने लगीं। जोधपुर में राजपूत वीरों का एक अच्छा जमाव हो गया। बीकानेर और जैसलमेर के सरदारों ने आकर उदयपुर में पड़ाव डाला और जयसिंह के साथ देसुरी आ पहुँचे। माघ सुदी पंचमी के दिन वीर दुर्गादास जोधपुर की एकत्रित सेना लेकर, ठाकुर जयसिंह से देसुरी में आ मिला। वह चारों मुगल सरदारों को उनकी मुसलमानी सेना सहित अपने साथ लाया था; क्योंकि बादशाह से बन्दियों की अदला-बदली करनी थी। यह लोग राजपूतों से कुछ ऐसे मिलजुल गये थे, कि कोई देखने वाला, इन्हें कदापि कैदी नहीं कह सकता था। परस्पर भाईचारे का-सा व्यवहार था। वह एक दूसरे से बड़े प्रेम से मिलता था, और विश्वास करता था। यह था संगति का फल, और वीर दुर्गादास का बर्ताव कि शत्रु भी मित्र बन गये। वे समय-समय पर हितकर सलाह भी देने लगे, जिसे दुर्गादास सहर्ष मानता था। आज ही जब देसुरी से सेना के आगे चलने के विषय में सलाह हो रही थी, तो

मुहम्मदखाँ ने इसका विरोध किया। और बात भी ठीक थी; क्योंकि झुटपुटा हो चुका था। आगे यदि पड़ाव के लिए उचित स्थान न मिलता, तो बड़ी असुविधा होती। सेना के लिए भोजन और विश्राम जरूरी है। यह सोचकर पड़ाव देसुरी के ही मैदान में रहा। रात हुई। सबने भोजन किया और विश्राम करने लगे। दुर्गादास जरूरी कामों से निपट कर अकबरशाह के डेरे में गया और बैठकर बातचीत करने लगा। बातों–ही–बातों में औरंगज़ेब का प्रसंग छिड़ गया। दुर्गादास ने कहा, "भाई! मानें या न मानें; क्योंकि वह आपके पिता हैं; परन्तु मैं तो यही कहूँगा कि औरंगज़ेब किसी पर विश्वास नहीं करते। देखो, उन्होंने राजा जसवन्तसिंह के साथ कैसा कपट व्यवहार किया! उन्हीं के इशारे से काबुल में बलवा हुआ, जिसमें हमारे दो राजकुमार मारे गये। तीसरे राजकुमार की भी जहरीले कपड़े पहना कर जान ले ली। तब धोखे से मारवाड़ को अपने अधीन कर लिया। फिर भी सन्तोष न हुआ, यहाँ तक कि महाराज का वंश ही नष्ट करने पर उतारू हो गये। दिल्ली में ही, अजीतसिंह को मरवाने के लिए क्या नहीं किया? देखो भाई अकबरशाह! भला कोई अपने मित्रों के साथ ऐसा विश्वासघात करता है? अच्छा मान लो हम लोग परधर्मी हैं; हमारे साथ जो कुछ किया अच्छा किया; परन्तु क्या तुम्हारे बाबा शाहजहाँ भी काफिर थे जिन्हें कारागार में पानी का भी कष्ट दिया? अपने सगे भाइयों तथा भतीजों से जैसा बर्ताव किया, क्या वह आपसे छिपा है? खैर यह भी सही, वह दूर के थे, परन्तु आप तो उनके बेटे हैं, वह आप ही पर विश्वास नहीं करते। अगर विश्वास करते, तो तैवरखाँ को आपकी देख–रेख के लिए तैनात नहीं करते! अगर आपको यकीन न आये, तो तैवरखाँ से पूछ देखें!"

अकबरशाह को विश्वास न आया; परन्तु यह बात उसके मन में खटकती रही। आखिर तैवरखाँ को बुलाने के लिए तुरन्त ही एक चौकीदार को भेजा। थोड़ी देर में तैवरखाँ और जयसिंह

शहजादे के डेरे में आ पहुँचे। वीर दुर्गादास ने बड़े सम्मान से दोनों को आसन दिया। जब दोनों बैठ गये तो अकबरशाह ने पूछा, "भाई तैवरखाँ, मुझे विश्वास है कि तुम कभी झूठ नहीं बोलते; तथापि आज ठाकुर जयसिंह और दुर्गादास के सामने तुम्हें कुरान की सौगन्ध देता हूँ कि जो कुछ भी पूछा जाए, उसका उत्तर सत्य ही हो!" तैवरखाँ ने कहा, "पूछिए, आप लोग क्या पूछना चाहते हैं?" शहजादे ने पूछा, "बादशाह सलामत ने मेरे बारे में तुमसे कुछ कहा था?"

तैवरखाँ उत्तर देने के पहले कुछ हिचकिचाया, फिर जी कड़ा करके बोला, "हाँ, कहा तो बहुत कुछ था; परन्तु मैं आपके सामने कहते हुए डरता हूँ।"

दुर्गादास ने कहा, "भाई! डर किस बात का? जब कुरान की सौगन्ध दी गयी, तो ऐसा कौन मूर्ख है, जो तुम्हारे सच बोलने पर क्रोध करे! जो कुछ कहना हो, वह निडर होकर कहो।"

तैवरखाँ ने कहा, "जब दिल्ली से हम अपना लश्कर लेकर चलने लगे, तब बादशाह ने हमें एकान्त में बुलाया और कहा, 'देखो तैवरखाँ! हम दुनिया में तुमसे ज्यादा किसी को प्यार नहीं करते, हम जानते हैं कि तुम मुहम्मदखाँ की तरह कभी धोखा न दोगे; क्योंकि तुमको बादशाही का लालच नहीं। जिसको किसी चीज का लोभ होता है, वही दगा करता है। हमको अगर कुछ सन्देह है, तो अकबरशाह पर; क्योंकि उसको राज्य का लालच है। सम्भव है कि वह कपटी दुर्गादास की बातों में आ जाए, और हमारे साथ वही बर्ताव करे, जो हमने अपने बाप के साथ किया था; इसलिए तुम्हें होशियार किये देता हूँ, कि उसकी नीयत अगर बुरी देखना, तो उसी समय उसे तलवार के घाट उतार देना। मैं तुमको सब तरह के अधिकार देता हूँ।"

इतना कहकर तैवरखाँ चुप हो गया।

अकबरशाह चिन्तित होकर बोला, "भाई दुर्गादास! आपका कहना सत्य है। अब्बाजान कहते कुछ हैं, करते कुछ हैं। उनकी

मसलहत समझ में नहीं आती।"

जयसिंह ने कहा, "अब आप ही कहिए! ऐसे राजा का कौन साथ देना चाहेगा? इससे यह न समझना कि मुसलमान होने के कारण हमलोग शत्रु बन गये। हमने नीति पर चलने वाले बादशाहों के लिए, अपने भाइयों के गले पर तलवारें चलायी हैं। आप ही के नामराशी, आपके पूर्वज अकबर तथा शाहजहाँ को ठाकुरों ने कब सहायता नहीं दी? वह लोग प्रजा-पालक थे। अपनी प्रजा को पुत्र के समान मानते थे। हिन्दू हो या मुसलमान हो, सबको योग्यता के अनुसार ओहदे देते थे। कभी किसी के धर्म में हस्तक्षेप नहीं करते थे। हमलोग ऐसे बादशाहों के साथी हैं। तुम्हारे पिता जैसे बादशाह के साथी नहीं, जो मन्दिर तोड़कर मस्जिद बनाये, हमारी मूर्तियों को मस्जिद की सीढ़ियों में लगाये। तीर्थ-यात्रियों से कर ले, और निर्दोष हिन्दुओं पर काफिर कहकर बिना अपराध के ही अत्याचार करे। आप ही कहिए, यह जुल्म नहीं तो क्या है?"

दुर्गादास ने कहा, "अगर आप लोग औरंगज़ेब की करतूतों को पाप और जुल्म समझते हों, और उनसे बचना चाहते हों, तो जैसा हम कहें, वैसा करने की प्रतिज्ञा करो; परन्तु समय पड़ने पर धोखा न देना। हम औरंगज़ेब को पकड़कर शहजादे को गद्दी पर बिठा देंगे। इनका जैसा नाम है, वैसे ही बादशाह अकबर के से गुण भी हैं। यदि ऐसा करना चाहते हो, तो सरदार मुहम्मदखाँ को भी बुला लो, मैं उपाय बताता हूँ।"

जब तक चौकीदार मुहम्मदखाँ को बुलाकर लाये, इतनी देर में मन-ही-मन शहजादे ने कहा, "भाई दुर्गादास! आप जो कुछ करना चाहते हैं, इसमें कोई सन्देह नहीं, कि इससे बढ़कर कोई अच्छा उपाय नहीं, जिसमें हम दोनों की भलाई हो; परन्तु भाई! राज के लिए, मैं ऐसा पाप नहीं कर सकता।"

मुहम्मदखाँ ने कहा, "शहजादे! अभी आप बालक हैं, राज्यनीति नहीं जानते। बहुत पापों से बचने के लिए यदि एक

पाप किया जाए, तो वह पाप नहीं, पुण्य है। इतना तो आप भी समझ सकते हैं कि आपके गद्दी पर बैठने के बाद यह जुल्म, जो अभी हो रहे हैं, क्या बन्द न हो जाएँगे? फिर राजपूतों की जो शिकायत है, वह दूर हो जाएगी। परस्पर मेल हो जाने पर प्रजा कितने सुख से रहेगी; इसलिए हमें तो ऐसा करने में कोई पाप नहीं मालूम होता। अब रहा यह, कि औरंगज़ेब ने अपने बाप को कारागार में रखकर बड़ा कष्ट दिया था, आप ऐसा न करना। चलो बस हो चुका। अगर आप इतने पर भी राजी नहीं तो राजकुल में वृथा ही जन्म लिया था, कहीं फकीर होते जाके!''

तैवरखाँ ने कहा, ''इसमें आपको करना ही क्या है? हम कैदियों की अदला-बदली के बहाने अपनी मुगल सेना लेकर जाएँगे, और पीछे से राजपूत सेना एकाएकी धावा कर देगी। बादशाह अपनी सेना समझकर हमारी ओर अवश्य भागेगा, बस हमारा काम बन जाएगा। बादशाह को पकड़कर वीर दुर्गादास को सौंप देंगे, और आपको शाही तख्त पर बिठा देंगे।''

अकबरशाह की नीयत बिगड़ी। संसार में ऐसा कौन है, जो लक्ष्मी का तिरस्कार करे? अब रात भी आधी बीत चुकी थी, और सब सरदार भी दुर्गादास की राय पर सहमत थे। बातचीत बन्द हुई, सब लोग अपने-अपने डेरे में विश्राम करने चले गये। शहजादा अपनी सेज पर पड़ा-पड़ा अपने भविष्य पर विचार करता रहा। सवेरा हुआ, और कूच का डंका बजा। सरदारों ने अपनी-अपनी सेनाएँ सँभाली और बुधवाड़ी के मैदान की तरफ रवाना हुए। यहाँ से अजमेर केवल डेढ़-दो कोस रह जाता है। लड़ाई के लिए मैदान भी अच्छा था, और सेना के लिए भी सब प्रकार की सुविधा थी। दुर्गादास ने पड़ाव के लिए यही जगह उचित समझी। इसके दोनों तरफ पहाड़ी प्रदेश था। यहाँ युद्ध होने में प्रजा को किसी प्रकार की हानि नहीं पहुँच सकती थी। और वीर दुर्गादास का मतलब भी यही था; नहीं तो आगे

ही से बस्ती के बाहर मोर्चाबन्दी क्यों करता? अस्तु वीर दुर्गादास की आज्ञानुसार पड़ाव यहीं पड़ा। सरदारों ने सेना के भोजन तथा विश्राम का पूरा प्रबन्ध किया।

शाम को जयसिंह तथा दुर्गादास आदि मुगल सरदारों से मिलकर, औरंगज़ेब के लिए जो षड्यन्त्र रचा गया था, उस पर विचार करने लगे। दुर्गादास ने कहा, "खाँ साहब, देखो, धोखा न देना! नहीं तो बेचारे अकबरशाह के अरमान खाक में मिल जाएँगे। अगर धोखा दिया भी, तो हमारा क्या जाएगा? हम तो लड़ाई के लिए घर से निकले ही हैं। जहाँ एक से निपटना है, वहाँ दो से सही!"

मुहम्मदखाँ ने कहा, "वाह! हम मुसलमान हैं, बात कहकर बदलते नहीं। आगे बढ़कर पीछे नहीं हटते। फिर यह तो अपने मतलब की बात है!" इसी तरह सब अपनी-अपनी उड़ा रहे थे। अकबरशाह तो इतने प्रसन्न थे, मानो बादशाह ही बने बैठे हैं।

परन्तु यह अभी किसी को नहीं मालूम, कि बना-बनाया खेल बिगड़ गया। मनुष्य लाख सर मारे, जो ईश्वर चाहता है वही होता है। उसके सब ही काम विलक्षण हैं। कौन जान सकता है, कि कब क्या होगा? चाहे जितनी गुप्त रीति से बातचीत क्यों न की जाए, भेद खुल ही जाता है। बड़े-बड़े लोगों ने कहा है कि 'कान दीवार के भी होते हैं।' जब देसुरी में शहजादे के खेमे में इस पर बातचीत हो रही थी, उस समय एक मुगल सिपाही शमशेरखाँ बाहर पहरे पर था। वह सब सुन रहा था। मौलवी; कट्टर मुसलमान। वह अकबर और शाहजहाँ को भी काफिर ही कहता था। वह रोजा और नमाज से बढ़कर सबाब हिन्दुओं को दुःख देने ही में समझता था। उसने सोचा, कि काफिरों ने एक कट्टर मुसलमान बादशाह के विरुद्ध षड्यन्त्र रचा है और वह मुझे मालूम हो गया है, अगर मैंने कोई उपाय न किया, तो मैं भी खुदाबन्द करीम की नजरों में काफिर ही

बनूँगा; इसलिए यहाँ से निकलना चाहिए; देर करने में काम बिगड़ता है। और काम बिगड़ने पर केवल पछताना ही हाथ रहेगा। पछताकर ही क्या करूँगा। फिर यहाँ किस लिए ठहरूँ? अगर बच निकला, तो एक मुसलमान को काफिरों के पंजे से छुड़ा सकूँगा, और अगर पकड़ा गया, तो इस्लाम के नाम पर कुरबान हो जाऊँगा। अस्तु, मौलवी साहब को किसी तरह का कष्ट न उठाना पड़ा। सुगमता से निकल गये; क्योंकि वीर दुर्गादास ने अपने मुगल कैदियों पर कड़ा पहरा न रखा था। दूसरे दिन मौलवी साहब अजमेर पहुँचे और बादशाह से कच्चा चिट्ठा कह सुनाया। औरंगज़ेब था बड़ा ही धूर्त; तुरन्त ही एक चिट्ठी अकबरशाह के नाम लिखवाकर एक फकीर को दी, कि इसे दुर्गादास के खेमे में डाल दें। फकीर को इनाम दिया गया। फकीर को कहीं रोक-टोक तो थी ही नहीं, माँगता-जाँचता लश्कर में पहुँचा और अवसर पाकर पत्र दुर्गादास के डेरे में फेंक दिया। दैवयोग से वह पत्र सन्तरी के हाथ लगा, उठाकर दुर्गादास के पास लाया। दुर्गादास ने देखा, तो उस पर शाही मुहर थी, और शहजादे का नाम था। खोलकर पढ़ने लगा—

'बेटा अकबरशाह! मैं तुम्हारे मुँह पर तुम्हारी बड़ाई नहीं करना चाहता, नहीं तो जितनी बड़ाई की जाए, वह थोड़ी ही है। तुमने काफिरों को फँसाने के लिए अच्छी युक्ति निकाली; मगर देखो! सावधान रहना। दुर्गादास बड़ा ही चालाक है। कहीं, काम बिगड़ने न पाए। तैवरखाँ से सलाह लेते रहना, वह बड़ा पक्का मुसलमान है। बेटा! मैं तुम्हारे पत्र का उत्तर कभी न देता; क्योंकि दूसरे के हाथ में पड़ जाने से काम में बाधा पड़ने का अन्देशा था; परन्तु फिर यह सोचा कि कदाचित् तुम्हें सन्देह न बना रहे कि तुम्हारा पत्र हम तक पहुँचा या नहीं और मैं सावधान हो गया या नहीं? इसलिए विवश हुआ।''

—तुम्हारा पिता।

यह पत्र पढ़कर दुर्गादास को अकबरशाह पर सन्देह उत्पन्न

हो गया। पत्र लिए हुए सीधा जयसिंह के पास पहुँचा। पत्र तो उनके हाथ में दे दिया, और पलंग पर बैठकर पापियों के विश्वासघात से होने वाले परिणाम पर विचार करने लगा। जयसिंह ने पत्र पढ़ा और म्यान से तलवार खींच ली। दुर्गादास ने कहा, ''यह क्या?'' जयसिंह ने कहा, ''भाई! आप तो क्षमा के अवतार हैं। किसी ने कैसा ही अपराध क्यों न किया हो, आप क्षमा कर देते हैं; परन्तु मुझमें यह दैवी गुण नहीं है। मैं दुष्टों को विश्वासघात का मजा चखाऊँगा।'' दुर्गादास ने कहा, ''भाई! यह राजपूतों का धर्म नहीं। वे हमारे बन्दी हैं, और इसके अतिरिक्त, आज तक उनसे हमारा भाईचारे का बर्ताव रहा। अब आप उन्हें बिना किसी अपराध के ही मारना चाहते हैं, यह अनुचित कार्य करने की मेरी इच्छा नहीं।''

जयसिंह ने शान्त होकर पूछा, ''अच्छा! तो बताइए, आपकी इच्छा क्या है?''

दुर्गादास ने कहा, ''अगर मेरी इच्छा पूछते हो, तो इन्हें इसी प्रकार सोते ही छोड़ दिया जाए। और हम अपनी सेना को देववाड़ी की पहाड़ियों में छिपा दें। औरंगज़ेब की सेना के आने पर दोनों तरफ से साथ ही धावा बोल दिया जाए। हमें विश्वास है, वह दुतरफा मार कभी न सह सकेगा। अगर भागना चाहेगा, तो सामने वाले दर्रे के सिवा और दूसरा रास्ता न होगा; और जब दर्रे में फँसा तो उबरना कठिन होगा। फिर या तो हमारी शरण आएगा, या बेमौत मरेगा।''

यह सलाह जयसिंह के मन में बैठ गयी। धीरे-धीरे राजपूत सरदारों को सचेत किया गया। सबों ने अपनी-अपनी सेना सँभाली, और रात के पिछले पहर तक देववाड़ी के पहाड़ी प्रदेश में जा पहुँचे। सबेरा हुआ। तारों की चमक फीकी पड़ने लगी, आकाश का रंग बदलने लगा। अपने-अपने घोंसलों से निकलकर पक्षियों ने शाखों पर ईश्वर का गुणगान आरम्भ किया। अजान सुनकर मुगल सरदारों ने भी नमाज की तैयारी की। खेमे

के बाहर निकले थे कि बस, जान सूख गयी। कहाँ की नमाज, और कहाँ का रोजा! यहाँ तो प्राणों पर आ बनी। अकबरशाह को, तो कुछ पूछो ही नहीं। जो कल बादशाह बने बैठे थे, आज भागने का रास्ता न पा रहे थे। चेहरे पर जो शाही झलक थी, आज फीकी पड़ गयी। सोचने लगा, "या खुदा! माजरा क्या है? राजपूत सेना थी, कि इन्द्रजाल का तमाशा?"

तैवरखाँ से बोला, "हमें दुर्गादास के चले जाने का दुःख नहीं। दुःख तो यह है कि चोरी से क्यों चले गये? क्या हम लोग उन्हें रोक लेते? हम लोग तो खुद ही उनके बन्दी थे, फिर छिप कर जाने का कारण क्या था?" तैवरखाँ ने कहा, "शहजादे! इसमें दुःख की कौन बात है? हम लोगों पर दुर्गादास को विश्वास नहीं आया। और ठीक भी है! विश्वास कैसे आता? 'एक मछली सारे ताल को गन्दा कर देती है' फिर बादशाह ने छल-पर-छल किये हैं। यह दुर्गादास की भलमन्सी थी, कि हम लोगों को बिना किसी प्रकार का दुःख पहुँचाये ही छोड़कर चला गया। अगर जान से मार डालता, तो हम उसका क्या बना लेते? आखिर थे तो उसी के अधीन। जो चाहता सो करता।"

मुहम्मदखाँ ने कहा, "भाई! दुर्गादास ने जो कुछ किया, अच्छा ही किया। अब हम लोगों को चाहिए, कि दुर्गादास को दिखा दें कि सब आदमी एक-से नहीं होते। अगर कुछ मुसलमान झूठे होते हैं, तो कुछ अपनी प्रतिज्ञा के सच्चे भी होते हैं। इसलिए शहजादे को जाने दो ताकि वह दुर्गादास को तलाश करें, हम लोग अपना लश्कर लेकर मोर्चे पर चलें और बादशाह से लोहा लें, मरें या मारें। अपना कर्तव्य पालन करें। यह खबर पाकर दुर्गादास आप ही अपनी करतूत पर लज्जित होगा।"

तैवरखाँ को यह सलाह पसन्द आयी। अकबरशाह को बिदा किया, और अपना लश्कर लेकर औरंगज़ेब के मुकाबिले पर चला। रास्ते ही में औरंगज़ेब की सेना से मुठभेड़ हो गयी। यह

लश्कर मुअज्जम और अजीम की सरदारी में था। यह दोनों ही अकबरशाह को अपने रास्ते का काँटा समझते थे; परन्तु उन्हें रास्ता साफ करने की घात न मिलती थी। आज मुँहमाँगी मुराद मिली। जी तोड़कर लड़ने लगे। पहले तो तैवरखाँ के सिपाहियों ने बड़ी बहादुरी दिखायी; मगर फिर मौलवी साहब का फतवा सुनते ही, तोते की भाँति आँखें बदल दीं और अपने दोनों सरदारों को घेर कर खुद ही मार डाला।

मुहम्मदखाँ और तैवरखाँ के मारे जाने के पश्चात्, अजीम ने अकबरशाह की बहुत खोज की; परन्तु पता न चला। विवश होकर अजमेर लौट पड़ा; क्योंकि सेना आधी से अधिक घायल हो गयी थी; इसलिए वीर दुर्गादास का सामना करने की हिम्मत न रही। नहीं तो विजय के घमंड में आगे जरूर बढ़ता। घमंड तो दुर्गादास चूर ही कर देता; मगर बेचारे अकबरशाह के प्राण न बचते। किसी-न-किसी की दृष्टि पड़ ही जाती। वीर दुर्गादास की खोज में वह देववाड़ी की पहाड़ियों पर इधर-से-उधर भटकता फिर रहा था। संयोगवश शामलदास से भेंट हो गयी, जो पाँच सौ सवार लिये देववाड़ी के मार्ग की चौकसी कर रहा था। पहले तो शामलदास को सन्देह हुआ, कि कदाचित् भेद लेने आया हो; लेकिन बातचीत होते ही सन्देह जाता रहा, और उसे वीर दुर्गादास के पास भेज दिया। शाहजादे को देखकर दुर्गादास लज्जित होकर बोला, "शाहजादे! मुझे क्षमा करना, मुझमें अपनी इतनी आयु में यह पहली ही भूल हुई है। आज तक मैंने किसी के साथ विश्वासघात नहीं किया और न किसी निर्दोष पर तलवार ही उठायी है। आपके साथ जो मुझसे चूक हुई, वह धोखे में हुई। लीजिए यह अपने पिता का पत्र पढ़िए और आप ही कहिए, ऐसी स्थिति में हमारा कर्तव्य क्या होना चाहिए था?"

शाहजादे ने पत्र पढ़ कर कहा, "भाई दुर्गादास, इसमें तुम्हारा कुछ दोष नहीं, यह हमारी कम्बख्ती थी। मृत्यु की सामग्री तो

पत्र में ही थी; परन्तु न जाने अभी भाग्य में क्या है, जो जीवित रहे? खुदा जाने तैवरखाँ पर कैसी गुजरी?" दुर्गादास ने कहा, "शाहजादे! मुझे दुःख तो इसी बात का है, कि भूल मैंने की, और मारे गये मुहम्मदखाँ और तैवरखाँ।"

दुर्गादास का यह अन्तिम वाक्य पूरा भी न हुआ था कि 'अल्ला हो अकबर' की आवाज कानों में आयी। शाहजादे पर फिर सन्देह उत्पन्न हुआ; मगर आगे बढ़कर पहाड़ी से जो नीचे झाँका तो औरंगज़ेब की सेना दर्रे में फँसी देखी। फिर क्या था राजपूतों को लेकर टूट पड़ा। लगी दुतरफा मार पड़ने। मुगल सेना जिस तरफ भागती थी; उसी तरफ अपने को राजपूतों से घिरी पाती थी। दुर्गादास ने सिवा एक पहाड़ी दर्रे के, चारों तरफ से देववाड़ी की पहाड़ियाँ घेर रखी थीं। इस दर्रे के तीनों तरफ ऊँची-ऊँची पहाड़ियाँ थीं और एक तरफ रास्ता था, वह भी छोटा-सा। औरंगज़ेब यह क्या जाने कि यह हमारे बचने का रास्ता नहीं, चुहादान है? पिल पड़ा, पीछे-पीछे लश्कर भी पहुँच गया। राजपूतों ने ऐसा पीछा किया, जैसे चरवाहे भेड़ों को बाड़े में हाँकते हैं। जब सब लश्कर दर्रे में चला गया, तो राजपूतों ने खिलवाड़ की तरह वह रास्ता पत्थरों से बन्द कर दिया। पहाड़ियाँ इतनी ऊँची और इतनी कठिन न थीं, कि कोई चढ़ न सके; परन्तु कठिनाई अवश्य थी। रात अभी एक पहर से अधिक तो बीती न थी; लेकिन अँधियारा हो चुका था। और चन्द्रमा का प्रकाश भी इतना न था। उस पर राजपूत ऊपर से पत्थर ढकेल रहे थे। सारांश यह कि सब ढंग बेमौत ही मरने के थे। फल यह हुआ कि कुछ तो पत्थरों से घायल होकर मर गये और कुछ जीते रहे; परन्तु वह भी मृतकों से किसी दशा में अच्छे न थे। उपाय तो राजपूतों ने यही सोचा था कि एक भी मुगल जीवित न बचे, और दर्रा भी आधे के लगभग पाट दिया था; परन्तु औरंगज़ेब के भाग्य को क्या करते? उसे एक छोटी-सी खोह मिल गयी। बाप-बेटे दोनों बड़ी सावधानी

से उसी में दुबके रहे।

जब राजपूतों का उपद्रव शान्त हुआ, तो दोनों दबे पाँव बाहर निकले। रात का पिछला पहर था। चन्द्रदेव अस्त हो चुके थे। हाँ, चारों तरफ आकाश पर तारे जरूर झिलमिला रहे थे। दुर्गादास अपना लश्कर लेकर बुधवाड़ी लौट आया था, मैदान साफ था; इसलिए औरंगजेब को ऊँची-नीची पहाड़ियों पर चढ़ने के सिवा और कोई अड़चन न पड़ी। कोई कहीं देख न ले! शत्रु के हाथ फिर न पड़ जाएँ! केवल यही भय था। इसलिए अपने को छिपाता हुआ बड़ी सावधानी से इधर-उधर पहाड़ियों में भटकने लगा। जैसे-तैसे भूखा प्यासा तीसरे दिन अजमेर पहुँचा। अजीम उससे पहले ही वहाँ पहुँच गया था। औरंगज़ेब उस पर बहुत झुँझला गया। और यह गुस्सा कुछ अजीम ही पर न था। वह जिसे पाता था, फाड़ खाता था। जलपान के पश्चात् जब जी कुछ ठिकाने हुआ, तो सरदारों को बुलाया। जब किसी में वीर दुर्गादास का सामना करने का साहस न देखा, तो अपने राज्य के कोने-कोने से मुसलमानी सेना भेजने के लिए सूबेदारों को आज्ञा-पत्र लिखवाये। फिर भी सन्तोष न हुआ। सोचने लगा, कि इतनी मुगल सेना, जिसे दुर्गादास का सामना करने को भेज सकूँ, एक सप्ताह में एकत्र होना असम्भव है। और दुर्गादास का कुछ ठीक नहीं, न जाने कब अजमेर पर धावा बोल दे? इसलिए, कोई जाल फेंकना चाहिए।

दूसरे दिन सरदार जुल्फिकारखाँ को चालीस हजार अशर्फियाँ देकर वीर दुर्गादास के पास भेजा। यह सरदार भी बड़ा चतुर था। शाम को दुर्गादास की छावनी में पहुँचा। सबेरे आज्ञा पाकर वीर दुर्गादास के पास गया। सलाम किया, और अशर्फियाँ सामने रख कर बोला, "ठाकुर साहब! हमारे बादशाह सलामत ने आपको सलाम कहा है; और यह चालीस हजार अशर्फियाँ भेंट में भेजी हैं। ठाकुर साहब, अब आपको चाहिए कि बादशाह की भेंट खुशी के साथ स्वीकार करें, और ईश्वर को धन्यवाद

दें; क्योंकि बादशाह जल्दी किसी पर इतने प्रसन्न नहीं होते। न-जाने क्यों आज आपकी बहादुरी पर खुश हो गये? पुरस्कार में यह चालीस हजार अशर्फियाँ ही नहीं, साथ-ही-साथ यह भी कहला भेजा है, कि तेजकरण को पाँच हजार सवारों का नायक बनाऊँगा। और मारवाड़ के सरदारों के अधिकार जैसे राजा यशवन्तसिंह के सामने थे वैसे ही रहेंगे। जिसकी जागीर जब्त की गयी है वह लौटा दी जाएगी। और मेरे लौट जाने पर, सब राजपूत बन्दी भी छोड़ दिये जाएँगे। इसलिए कृपा कर मुझे शीघ्र ही लौट जाने की आज्ञा दें और शाहजादे को सादर मेरे साथ कर दें। बादशाह अकबरशाह के वियोग में दुःखी हैं। उसे देखते ही बड़े प्रसन्न होंगे, ईश्वर जाने, आपके साथ और क्या भलाई करें? अच्छे कामों में देर न करनी चाहिए। शंका विनाश का कारण है। शंका करने से बने-बनाये काम बिगड़ते हैं। अगर मैं खाली हाथ लौटा तो समझे रहिए, राजाओं की प्रसन्नता उतना सुख नहीं देती, जितना कि अप्रसन्नता दुःख देती है। ईश्वर न करे, कहीं बादशाह आपके बर्ताव से चिढ़ जाये, तो यह जान लीजिएगा, कि पलक मारते ही जोधपुर को सत्यानाश कर डालेगा। जो बादशाह क्षण-मात्र में बीस लाख सेना इकट्ठा कर सकता है, उसका सामना आप मुट्ठी भर राजपूत लेकर कैसे कर सकते हैं? मैं आपकी भलाई के लिए आया हूँ, बुराई के लिए नहीं। अगर आप अपने धर्म की, अपनी बहन-बेटियों की, अपने भोले भाइयों की और देव-मन्दिरों की भलाई चाहते हों, तो शाहजादे को हमारे साथ कर दें। ठाकुर साहब, एक के लिए बहुतों को दुःख में डालना चतुराई नहीं है।''

दुर्गादास चुपचाप सरदार जुल्फिकारखाँ की बातें सुन रहा था, और सोच रहा था, कि क्या उत्तर दिया जाए। अगर हाँ करता हूँ, तो अधर्म होता है। अभय-दान देकर शाहजादे को फिर क्योंकर मौत के मुँह में डाल दूँ? अगर ना करता हूँ, तो न-जाने सरदारों के मन में क्या हो? दुर्गादास इसी सोच-विचार

में पड़ा था। शाहजादा बड़ी देर से दुर्गादास की तरफ देख रहा था, कि क्या उत्तर देते हैं? जब देखा कि दुर्गादास बोलते ही नहीं, मौनव्रत ही धारण कर लिया है, तो शाहजादे को चिन्ता ने धर दबाया। उदास मन विचारने लगा, कि कदाचित् वीर दुर्गादास अपने प्राणों के लालच से मुझे न त्यागता; परन्तु अब तो अपने देश, धर्म और जाति का प्रश्न है! देश की भलाई के निमित्त मुझे अवश्य त्याग देगा; क्योंकि अपनी जाति वालों के आगे मुझ जैसे मुगल के प्राणों की उसे क्या परवाह होगी? और उचित भी ऐसा ही है। जहाँ एक के बलिदान से अनेकों की रक्षा होती हो, तो इसमें विलम्ब न करना चाहिए। तब दुर्गादास जुल्फिकारखाँ की बातों का उत्तर क्यों नहीं देता? कदाचित् असमंजस में पड़ा हो, कि जिसको अभयदान दे चुका है, उसे किस प्रकार त्याग दे? मेरी तो मृत्यु आ ही गयी, तब अपने शुभचिन्तक को अधिक कष्ट क्यों पहुँचाऊँ?

यह विचार कर शाहजादा उठ खड़ा हुआ, और कहने लगा, ''वीर दुर्गादास! मैं आपकी नहीं, बल्कि अपनी इच्छा से सरदार जुल्फिकारखाँ के साथ जा रहा हूँ। इसमें आपका कुछ दोष नहीं; क्योंकि, जहाँ तक हो सका, आपने मेरी रक्षा की। मनुष्य अपनी शक्ति के बाहर क्या कर सकता है? कोई किसी का भाग्य नहीं पलट सकता।''

वीर दुर्गादास ने शाहजादे का हाथ पकड़कर अपने पास बिठा लिया और बोला, ''शाहजादे! मैं यह चालीस हजार तो क्या, अगर बादशाह अपना राज्य भी देकर तुम्हें लेना चाहें, तब भी तुम्हें अब मृत्यु के मुख में नहीं डाल सकता। अपने कुल तथा जाति को कलंकित नहीं करना चाहता। राजपूतों के मुख में एक जिह्वा होती है। शाहजादे! कदाचित् तुमने यह सोचा हो, कि मेरे एक के लिए दुर्गादास अपने देश-भर को विपत्ति में क्यों डालेगा? तो यह तुम्हारी भूल है। देखा! केवल महासिंह के लिए हमारे मारवाड़वासियों ने कितना कष्ट भोगा; परन्तु

उसका फल कैसा मिला? कहना व्यर्थ है, हाथ कंगन को आरसी क्या? देखो! मारवाड़ स्वतन्त्र हुआ। बादशाह ने सलाम के साथ-साथ चालीस हजार की भेंट भी भेजी है। अब यदि तुम्हारे लिए कष्ट उठाना पड़ेगा, तो उससे भी अच्छे फल की आशा है। अँधेरे के बाद उजाला होता है। दु:ख भोगने के पश्चात् ही सुख का आनन्द मिलता है। मिट्टी में मिल जाने के पश्चात् ही बीज हरा-भरा वृक्ष बना है।''

दुर्गादास को इस प्रकार शाहजादे को तसल्ली देते देख, जयसिंह को अब सरदार जुल्फिकारखाँ की बातों का जवाब देने में बड़ी सहायता मिली। बड़ी नर्मी के साथ बोला, ''भाई जुल्फिकारखाँ! तुम्हारे बादशाह ने आज तक हम राजपूतों के लिए, कौन ऐसा कष्ट पहुँचाने वाला काम था, जो न किया हो? अब उससे अधिक कष्ट देने वाला कौन उपाय सोच रखा है, जिसकी धमकी देता है? देव-मन्दिर को तोड़कर मस्जिदें बनवायीं, धर्म पुस्तकों को जलवाया, ब्राह्मणों के जनेऊ तुड़वाये, सती अबलाओं का सतीत्व नष्ट कराया, तीर्थ-यात्रियों पर जजिया नामक कर लगाया, और बिना अपराध के ही विचारे निर्दोष राजपूतों को बन्दीगृह का कष्ट भुगवाया। बहुतों को फाँसी दिलायी। अब तुम्हीं कहो, प्राण-दंड से अधिक और कौन दंड होगा। भाई, हम राजपूतों के साथ, यदि वह न्याय का बर्ताव करता, तो हम लोग काले सर्प के समान उसे कभी न डसते, वरन श्वान के समान उसकी सेवा करते। यह नौबत कभी न आती, कि इतना बड़ा बादशाह एक राजद्रोही के लिए प्रजा को झुककर सलाम करे! चालीस हजार अशर्फियों का लोभ दिखाए?''

दुर्गादास ने कहा, ''भाई जयसिंह! आप ऐसी बातें किससे और किस लिए कर रहे हैं, मैं अभी तक इसी लिए मौन बैठा रहा, कि जुल्फिकारखाँ से वृथा बातें करके अपना समय क्यों नष्ट करूँ? इनसे बातें करने में कोई लाभ तो है ही नहीं। उत्तर देकर क्या करें? इन्हें जो कुछ कहना है, कह लेने दो। बादशाह

ने न तो धमकी दी है और न लालच, यह केवल धोखेबाजी और जाल है। सरदार जुल्फिकारखाँ! आप अपनी यह अशर्फियाँ लीजिए, क्योंकि पाप से कमाये हुए धन की भेंट राजपूत कभी स्वीकार नहीं कर सकते। और न शरणागत आये हुए को अपने प्राण रहते त्याग ही सकते हैं; इसलिए अब आप खुशी से लौट जाइए, बादशाह को सलाम के जवाब में सलाम कहिए।'' जुल्फिकारखाँ ने और भी बहुत कुछ कहा-सुना; परन्तु राजपूती हठ (प्राण जाहिं बरू बचन न जाहीं) कब छूट सकता है। अन्त में लाचार होकर सरदार जुल्फिकारखाँ को लौटना ही पड़ा।

जुल्फिकारखाँ के चले जाने के थोड़ी ही देर बाद उदयपुर के राणा का छोटा बेटा भीमसिंह आया। सब सरदारों से मिल-भेंट कर दुर्गादास के पास बैठ गया। जयसिंह ने पूछा, ''भैया भीमसिंह! घबड़ाए-से क्यों हो, क्या कोई नयी बात है?'' भीमसिंह ने कहा, ''घबड़ाहट तो नहीं; परन्तु आश्चर्य अवश्य है। वह यह कि आप सबको निश्चिन्त देख रहा हूँ। अभी तक आप लोगों ने अजमेर पर चढ़ाई क्यों नहीं की? अवसर अच्छा था, अब वह समय हाथ से निकल गया। औरंगज़ेब ने चारों तरफ लड़ाई बन्द करवा दी और सब मुगल सेना अजमेर बुला ली है। ईश्वर ही जाने अब मारवाड़ की क्या दशा होने वाली है?''

केसरीसिंह सबसे वृद्ध सरदार था, बोला, ''भाइयो! हमें अपनी या मारवाड़ की कोई चिन्ता नहीं। हमारा पहला धर्म है कि शाहजादे की रक्षा का प्रबन्ध किया जाए, पश्चात् औरंगजेब से लोहा लें।'' यह बात सब राजपूत सरदारों के मन में बैठ गयी। वे सोचने लगे, शाहजादे को कहाँ भेजा जाए, जहाँ उसकी रक्षा में किसी प्रकार की त्रुटि न हो? भीमसिंह ने कहा, ''महाराज शिवाजी का पुत्र वीर शम्भाजी इनकी रक्षा कर सकेगा; क्योंकि एक तो वह वीर पुरुष है, दूसरे औरंगज़ेब का कट्टर शत्रु है, तीसरे अब वहाँ मुगल सेना भी नहीं है। लड़ाई बन्द है, सब

तरह की सुविधा है। वीर दुर्गादास तथा शाहजादे ने स्वयं शम्भाजी के पास जाना पसन्द किया।

शाम को दुर्गादास थोड़े से सवारों को साथ लेकर शम्भाजी के पास चला और चलते समय सेना को मोर्चे पर ले जाने के लिए सरदारों को आज्ञा देता गया। शाहजादे को साथ लिये वह बहुतेक जंगल–पहाड़ पार करता हुआ तीसरे दिन शम्भाजी के यहाँ पहुँचा। शम्भाजी ने देखते ही शाहजादे को पहचान लिया, और बड़े आदर–भाव से मिला। निश्चिन्त होने के पश्चात् दुर्गादास ने उससे अपने आने का कारण कह सुनाया। शम्भाजी ने अपना हार्दिक हर्ष प्रकट किया और कहा, "भाई दुर्गादास! हम लोगों का मुख्य धर्म ही है कि शरणागत की रक्षा करें। फिर शाहजादे ने तो हमारे साथ बड़ा उपकार किया है। जब दिल्ली के कारागार में मैं और मेरे पूज्य पिताजी दोनों बन्दी थे, उस समय शाहजादे ने हमारी बड़ी सहायता की थी। इनका दिया हुआ घोड़ा अभी तक हमारे पास है। मैं इनकी रक्षा अपने प्राणों के समान करूँगा। अब आप इनसे निश्चिन्त रहिए।"

रात को दुर्गादास ने वहीं विश्राम किया। दूसरे दिन शम्भाजी से बिदा हो, मारवाड़ की तरफ चल दिया। गुजरात के आगे एक पहाड़ी पर खड़े हुए शामलदास मेड़तिया से भेंट हुई। यह अपनी सेना लेकर जयसिंह की आज्ञानुसार दक्षिण प्रान्त से आने वाली मुगल सेना को रोकने के लिए रास्ते में आ डटा था। यह हाल दुर्गादास को मालूम न था; इसलिए शामलदास ने कहा, "महाराज! आपके चले जाने के पश्चात् सब सरदारों ने यह सलाह की, कि मुगल सेना जो हम लोगों की असावधानी के कारण अजमेर आ चुकी, सो आ चुकी। परन्तु अब दूर से आने वाली सेना के सब मार्ग रोक दिये जाएँ। नहीं तो स्वप्न में भी जय पाना कठिन होगा। यह सोचकर सरदारों ने कुछ सेना बंगाल, मद्रास और पंजाब की तरफ भेज दी है। अब आप जहाँ तक हो सके शीघ्र ही पहुँचिए। कदाचित् आज ही आपका रास्ता

देखकर सरदार शोनिंगजी अजमेर पर चढ़ाई कर दें।''

यह सुनकर वीर दुर्गादास शामलदास को युद्ध के विषय में कुछ समझा–बुझा कर घोड़े पर सवार हुआ। लगाम खींचते ही घोड़ा हवा से बातें करता हुआ चल दिया। रात के पिछले पहर बुधवाड़ी पहुँचा, मालूम हुआ, सेना मोर्चे पर गयी है। यद्यपि वीर दुर्गादास और घोड़ा दोनों ही लस्त हो चुके थे; परन्तु दुर्गादास तो देश–सेवा के लिए अपना शरीर ही अर्पण कर चुका था। बिना मारवाड़ स्वतन्त्र किये उसे चैन कब थी? सीधा अजमेर भागा और पौ फटने के पहले अपनी सेना में पहुँच गया। यह सब समाचार औरंगज़ेब को मिला, तो वह घबरा उठा; क्योंकि अजमेर में अभी तक मुगल सेना के दो ही भाग आ सके थे। बाकी सेना की प्रतीक्षा की जा रही थी। बादशाह को अपनी आधी सेना पर काफी भरोसा न था; इसलिए दूसरा जाल रचा और सबेरा होते ही सरदार दिलेरखाँ के हाथ सन्धि का सन्देश भेजा। वीर दुर्गादास ने कहा, ''सरदार दिलेरखाँ! भोले राजपूतों ने बहुत धोखे खाये। अब हम लोग तुम्हारे बादशाह की जबानी बातचीत पर विश्वास नहीं करेंगे; अगर वह सचमुच सन्धि करना चाहता है, तो बादशाही मुहर लगा कर पत्र लिखे, कि हमारे धर्म पर आक्षेप न करेंगे, हिन्दू और मुस्लिम में कोई अन्तर न समझेंगे, योग्यता पर ही ओहदे दिये जाएँगे, यदि तुम्हारा बादशाह ऐसा करना स्वीकार करता है, तो हम लोग भी सन्धि करने को तैयार हैं। नहीं तो हाथ में ली हुई तलवारें मरने के बाद ही हाथ से छूटेंगी। बस जाओ, हमें जो कुछ कहना था, कह चुके, अब हमारे कहने के विरुद्ध, यदि उत्तर लाना हो, तो युद्ध स्थल में तलवार लेकर ही आना।

दिलेरखाँ कोरा उत्तर पाकर औरंगज़ेब के पास लौट गया और दो की चार बतायी। सुनते ही औरंगजेब जल उठा। और तुरन्त ही युद्ध की तैयारी के लिए डंका बजवा दिया। मुगल सेना मैदान में एकत्र हुई। उस समय एक ऊँचे स्थान पर खड़े

होकर औरंगज़ेब ने धर्म-उपदेश किया और सैनिकों को यहाँ तक उत्तेजित किया कि धर्मान्ध मुगलों को लड़ाई के दांव-घात की सुधि न रही। जिस प्रकार लहरें किनारे के चट्टानों से टकरा कर फिर जाती हैं, उसी प्रकार मुगल सेना राजपूतों से टक्कर लेने लगी। वीर राजपूतों ने बड़ी सावधानी से हमलों को रोका और देखते-देखते आधी मुगल सेना काट डाली। धर्मान्ध औरंगज़ेब की आँखें खुलीं। सारा घमंड जाता रहा। प्राणों के लाले पड़े। दायें-बायें झाँकने लगा, और मौका पाकर प्राण ले भागा। सेना की भी हिम्मत टूट गयी। पैर उखड़ गये। बादशाह के भागते ही सेना भी भाग खड़ी हुई। किले के अतिरिक्त दूसरी तरफ मार्ग न मिला; क्योंकि राजपूतों ने अपूर्व व्यूह रचना की थी। जब मुगल सेना किले में जा घुसी, तो राजपूतों ने चारों तरफ से किला घेर लिया। उसी समय एक भेदिये ने बादशाह को खबर पहुँचायी, कि शामलदास और दयालदास ने दक्षिण से आने वाली सेना का एक भी सिपाही जीवित नहीं छोड़ा और मालवे में भी राजपूतों ने बड़ा उपद्रव मचा रखा है। यह समाचार सुनकर औरंगज़ेब घबरा गया और राजपूतों से सन्धि कर लेना ही निश्चित किया। अपने बड़े बेटे मुअज्जम को बुलाकर राजपूतों की माँगें सन्धि-पत्र पर लिखकर बादशाही मुहर लगायी और दुर्गादास के पास भेज दिया। वीर दुर्गादास ने सन्धि-पत्र पढ़कर अपने सरदारों को सुनाया। किले का द्वार खोल दिया गया। बादशाही झंडे की जगह राजपूती झंडा फहराया गया। मारवाड़ की सब छोटी-बड़ी रियासतों को विजय समाचार भेजा गया और कुँवर अजीतसिंह के राज्याभिषेक में सम्मिलित होने के लिए उन्हें निमन्त्रित किया गया।

वीर दुर्गादास ने कुँवर अजीतसिंह का राजतिलक औरंगज़ेब के हाथों कराना निश्चित किया था; इसलिए उसे दिल्ली जाने से रोक लिया। दूसरे दिन वीर दुर्गादास अपने साथ करणसिंह, गम्भीरसिंह तथा थोड़े-से सवार लेकर आबू की घनी पहाड़ियों

में बसे हुए डुडवा गाँव में पहुँचे। जयदेव ब्राह्मण के द्वार पर भीलों के लड़कों के साथ आनन्द से खेलते हुए कुँवर अजीत को देखा। यद्यपि अजीत अब आठ वर्ष का हो चुका था; परन्तु राज-चिह्नों को देखकर दुर्गादास ने पहचान लिया। आँखों में आनन्द के आँसू भर आये। अजीत को गोद में उठा लिया। उसी समय आनन्ददास खेंची भी आ पहुँचे। बड़े प्रेम से एक दूसरे से गले मिले। दुर्गादास ने खेंची महाशय को आठ वर्ष के अच्छे-बुरे सब समाचार कह सुनाये। अजमेर की विजय, और कुँवर अजीतसिंह की राजगद्दी की बात सुनकर सबको बड़ा ही आनन्द हुआ। यह शुभ समाचार वायु के समान क्षण-भर में सारे गाँव में फैल गया।

नगरवासी तथा राजकुमार के साथ खेलने वाले छोटे-बड़े सब साथी इकट्ठे हो गये। अब राजकुमार के भोले-भाले मुख पर अलबेली राजश्री का प्रकाश था। छोटे-छोटे लड़के आपस में कह रहे थे, ''भाई! हम लोगों ने अनजाने में बड़े अपराध किये हैं। हजारों बार खेल में राजकुमार को मारा होगा। भाई, एक दिन वह था कि राजकुमार हम लोगों के साथ धूल में खेलते थे। अब कल वह दिन होगा, कि सारे मारवाड़ देश के स्वामी बनकर राजसिंहासन पर शोभा पाएँगे। राजमद में चूर होकर हम दीन सखाओं की ओर फिर कृपा-दृष्टि क्यों करने लगे?'' इसी प्रकार सभी अपनी-अपनी कह रहे थे और राजकुमार के मुख की ओर एकटक देख रहे थे। राजकुमार भी अपने प्यारे मित्रों की तरफ बड़े प्रेम से देख रहा था और सोच रहा था कि चाचाजी इन सबको हमारे साथ ले चलेंगे या नहीं? एक बार अपने मित्रों की तरफ देखकर आनन्ददास खेंची की ओर देखा। खेंची महाशय ने राजकुमार का अभिप्राय समझकर बालकों से कहा, ''जाओ, अपने-अपने पिताओं को लेकर राजकुमार के साथ चलो, तुम लोगों के लिए इससे बढ़कर आनन्द का समय और कौन होगा, कि तुम्हारे साथ का खेलने वाला आज मारवाड़ देश का स्वामी हो।''

थोड़ी ही देर में सारे नगर–निवासी राजकुमार का राजतिलक देखने के लिए साथ चलने को तैयार होकर आ पहुँचे। जिससे जो हो सका, राजा को भेंट की सामग्री भी अपने साथ ले चला। राजकुमार अपने मित्रों को अपने साथ चलते देख बड़ा मगन था। उमर ही अभी खेल–कूद की थी। था तो केवल आठ ही वर्ष का! क्या जाने राज्य किसको कहते हैं? राजतिलक क्या होता है? वह तो, यह सब खेल समझता था। आजतक उस बेचारे के सामने कभी उसके पूज्य पिता का भी नाम न लिया गया था। वह संसार में यदि किसी को अपना जानता था, तो आनन्ददास खेंची को और देवशर्मा तथा देवशर्मा की स्त्री को, जिन्हें वह चाचा, चाची कहकर बुलाता था।

गीदड़ों में पला हुआ सिंह का बच्चा, चाहे उसके स्वाभाविक गुण नष्ट न हुए हों, अपने को सिंह नहीं समझता, जब तक सिंहों के साथ न रहे। यही बात राजकुमार अजीत के साथ थी। भीलों के साथ पाला गया था। फिर राज्य करना क्या जाने! अपने मित्रों से हँसता–बोलता दूसरे दिन यात्रा समाप्त कर दोपहर दिन ढलते अजमेर आ पहुँचा। यहाँ भारी भीड़ थी। एक ओर मुगल सेना, दूसरी ओर राजपूत सेना, सुन्दर वस्त्रों से विभूषित राजकुमार का स्वागत करने के लिए खड़ी थी। स्थान–स्थान पर बाजे बज रहे थे, नाच–गान हो रहा था। ऐसा कोई भी घर न था, जिसके द्वार पर बन्दनवार न बँधे हों, मंगल कलश न धरे हों। घर–घर आनन्द मनाया जा रहा था; और जय–ध्वनि आकाश में गूँज रही थी। मारवाड़ की छोटी–बड़ी सब रियासतों के सरदार उपस्थित थे। राजकुमार का स्वागत बड़ी धूमधाम से किया गया, और शुभ मूहुर्त में उसे सोने के सिंहासन पर बैठाकर औरंगज़ेब के हाथों तिलक कराया गया। सरदारों ने राजकुमार के चरणों पर शीश झुकाया और यथाशक्ति नजरें दीं। उसी समय वृद्ध नाथू को साथ लिये हुए बाबा महेन्द्रनाथजी पधारे। उपस्थित जनता ने उनका बड़ा सत्कार किया। नाथू ने स्वामी को महाराजा यशवन्तसिंह की दी हुई लोहे की सन्दूकची सौंपी, जिसे वीर

दुर्गादास ने भरे दरबार में महाराजा अजीतसिंह को समर्पित कर दी; और महाराज यशवन्तसिंहजी ने जिस अवस्था में और जो कुछ कहकर शोनिंगजी चम्पावत को सन्दूकची सौंपी थी, वह कह सुनायी। अजीतसिंह ने सन्दूकची बड़े मान के साथ लेकर, दुर्गादास को फिर दे दी और उसे खोल कर प्रजा को दिखलाने की आज्ञा दी। सन्दूकची दरबार में खोली गयी। उसमें महाराजा यशवन्तसिंह का राजमुकुट, अँगूठी और कई एक बहुमूल्य रत्न थे। दुर्गादास ने राजमुकुट राजकुमार को पहना दिया। और जनता के सामने खड़े होकर राजकुमार अजीतसिंह के जन्म से लेकर राजतिलक पर्यन्त जो-जो घटनाएँ हुई थीं, कह सुनायीं। दैवयोग से मुसलमान मदारी भी मिल गया, जो खेंची महाशय और अजीत को छिपाकर लाया था। उसकी गवाही ने प्रजा का सन्देह समूल नष्ट कर दिया। वीर दुर्गादास को प्रजा ने कोटिशः धन्यवाद दिये; क्योंकि महाराजा यशवन्तसिंहजी के वंश तथा राज्य के रक्षक यही थे।

राजपूतों का यह आनन्दोत्सव औरंगज़ेब को अच्छा नहीं लग रहा था; इसलिए केवल तीन दिन अजमेर में रह कर महाराज अजीतसिंह से बिदा हो दिल्ली चला गया। जोधपुर की प्रजा राजकुमार के दर्शन के लिए बड़ी उत्सुक थी। थोड़े दिनों तक रास्ता देखती रही, जब राजकुमार को जोधपुर में न देखा, तो वृद्धा और बालकों को छोड़कर, जिनमें चलने की शक्ति न थी, बाकी सब-की-सब प्रजा अजमेर को चल दी। कई एक दिन में गाते-बजाते आनन्द मनाते प्रजाजन अजमेर पहुँचे। वीर दुर्गादास ने अपने राजकुमार पर प्रजा का इतना प्रेम देख कर, दरबार किया। सबने अपनी-अपनी इच्छानुरूप दर्शन किये और उनसे जोधपुर की सूनी गद्दी शोभित करने की प्रार्थना की। महाराज ने अपने पूज्य पिता की गद्दी पर बैठना स्वीकार किया। लगभग तीन मास अजमेर में रह कर महाराज जोधपुर चले आये। आज प्रजा को जैसा आनन्द हुआ कदाचित् महाराजा यशवन्तसिंह के शासन-समय न हुआ हो। घर-घर नाच-गान

हो रहा था, घर-घर हवन हो रहा था, द्वारे-द्वारे मंगल-कलश धरे थे। बन्दनवारें बँधी थीं। सुगन्धित फूलों की मालाएँ लटकी थीं। शीतल वायु चल रही थी। दरबार में सुन्दर वस्त्र पहने, सरदार तथा योग्यतानुरूप जनता बैठी थी। सामने सोने के सिंहासन पर महाराज अजीतसिंह बैठे थे। पास ही वीर दुर्गादास खड़ा हुआ महाराज की आज्ञानुसार, सहायता करने वाले राजपूतों को उनकी जागीरों में कुछ बढ़ती करता और पट्ट बाँट रहा था। वृद्ध महासिंह को कोषाध्यक्ष बनाया, गुलाबसिंह तथा गम्भीरसिंह को महाराज का रक्षक नियुक्त किया। करणसिंह को सेनानायक बनाया और दरबारियों की अनुमति से अपने ऊपर राज्य भार लिया। अन्त में महासिंह की कन्या लालबा की बारी आयी। दुर्गादास ने उसको सबसे अच्छा और अमूल्य पुरस्कार दिया; अर्थात्—राणा राजसिंहजी के ज्येष्ठ पुत्र राणा जयसिंहजी के साथ विवाह निश्चित कराया और राज्य की ओर से ही बड़ी धूम-धाम के साथ विवाह कर दिया।

इन सब आवश्यकीय कामों से छुट्टी पाने के बाद एक दिन दुर्गादास को शाहजादे अकबरशाह की याद आयी। उसी समय दुर्गादास ने महाराज की आज्ञा लेकर शम्भाजी के पास दूत भेजा; परन्तु शाहजादा वहाँ न मिला। पता लगाने से मालूम हुआ कि दक्षिण से औरंगज़ेब की सहायता के लिए जब मुगल सेना जाने लगी, तो शाहजादे ने शम्भाजी को उसको रोकने की अनुमति दी परन्तु शम्भाजी ने सुनी-अनसुनी कर दी। इसी बात पर शाहजादा रुष्ट होकर मक्के चला गया और थोड़े दिनों के बाद वहीं उसका देहान्त हो गया। इस समाचार से दुर्गादास को बड़ा दुःख हुआ; परन्तु करता क्या? ईश्वरेच्छा समझ कर मन को शान्त किया। खुदाबख्श और मुसलमान मदारी को महाराज ने अपने दरबार में रखा और सदैव उनका मान करते रहे। अपने साथ खेलने वाले भील बालकों की शिक्षा का जोधपुर में ही उचित प्रबन्ध कराया और उनके पिताओं को बड़ी-बड़ी जागीरें प्रदान की। दुर्गादास ऐसी नीति से राज्य चलाता था, कि किसी

को किसी प्रकार का कष्ट न था। शेर, बकरी एक ही घाट पर पानी पीते थे। चोरी-चकारी का मारवाड़ देश में नाम भी न था, प्रजा निश्चिन्त और सुख से रहती थी। खजाना उदारता के साथ लुटाने पर भी बढ़ता ही था। टूटे-फूटे किलों की उचित रूप से दुरुस्ती कराई गयी। जहाँ कहीं नये किले की आवश्यकता हुई, तो नया बनवाया गया। महाराज ने उजड़ा हुआ कल्याणगढ़ फिर से बसाने की आज्ञा दी।

अब महाराज अजीतसिंह की आयु अठारह वर्ष की थी। धीरे-धीरे राज्य का काम समझ गये थे, और इस योग्य हो गये थे कि दुर्गादास की सहायता बिना ही राज्य-भार वहन कर सकें। यह देख कर वीर दुर्गादास ने वि. संवत् 1758 में महाराज अजीत को राज्य भार सौंप दिया। जरूरत पड़ने पर अपनी सम्मति दे दिया करता था। जब 1765 वि. में औरंगज़ेब दक्षिण में मारा गया, तो उसका ज्येष्ठ पुत्र मुअज्जम गद्दी पर बैठा और अपने पूर्वज बादशाह अकबर की भाँति अपनी प्रजा का पालन करने लगा। हिन्दू-मुसलमान में किसी प्रकार का भेदभाव न रखा। यह देख दुर्गादास ने निश्चिन्त होकर पूर्ण रूप से राज्य-भार अजीतसिंह को सौंप दिया; किन्तु स्वतन्त्र होकर अब अजीतसिंह के स्वभाव में बहुत परिवर्तन होने लगा। फूटी हुई क्यारी के जल के समान वह स्वच्छन्द हो गया। अपने स्वेच्छाचारी मित्रों के कहने से प्रजा को कभी-कभी न्याय-विरुद्ध भारी दंड दे देता था। क्रमशः अपने हानि-लाभ पर विचार करने की शक्ति क्षीण होने लगी। जो जैसी सलाह देता था, करने पर तैयार हो जाता था। स्वयं कुछ न देखता था, कानों से ही सुनता था। जिसने पहले कान फूँके, उसी की बात सत्य समझता था। धीरे-धीरे प्रजा भी निन्दा करने लगी। दुर्गादास ने कई बार नीति-उपदेश किया, बहुत कुछ समझाया-बुझाया; परन्तु कमल के पत्ते पर जिस प्रकार जल की बूँद ठहर जाती है, और वायु के झँकोरे से तुरन्त ही गिर जाती है, उसी प्रकार जो कुछ अजीतसिंह के दृश्य-पटल पर उपदेश का असर हुआ, तुरन्त ही स्वार्थी मित्रों

ने निकाल फेंका। और यहाँ तक प्रयत्न किया कि दुर्गादास की ओर से महाराज का मनोमालिन्य हो गया। धीरे-धीरे अन्याय बढ़ता ही गया। विवश होकर दुर्गादास ने अपने परिवार को उदयपुर भेज दिया। और आप अकेला ही जोधपुर में रहकर अन्याय के परिणाम की प्रतीक्षा करने लगा।

मनुष्य अपने हाथ से सींचे हुए विष-वृक्ष को भी जब सूखते नहीं देख सकता, तो यह तो वीर दुर्गादास के पूज्य स्वामी श्री महाराज यशवन्तसिंह का पुत्र था, उसका नाश होते वह कब देख सकता था। परन्तु करता क्या? स्वार्थी मित्रों के आगे उसकी दाल ही न गलती थी; अतएव जोधपुर से बाहर ही चले जाने का निश्चय किया। अवसर पाकर एक दिन महाराज से बिदा लेने के लिए दरबार जा रहा था। रास्ते में एक वृद्ध मनुष्य मिला, जो दुर्गादास का शुभचिन्तक था। कहने लगा, ''भाई दुर्गादास! अच्छा होता, यदि आप आज राज-दरबार न जाते; क्योंकि आज दरबार जाने में आपकी कुशल नहीं। मुझे जहाँ तक पता चला है, वह यह है कि महाराज ने अपने स्वार्थी मित्रों की सलाह से आपको मार डालने की गुप्त रूप से आज्ञा दी है।'' दुर्गादास ने कहा, ''भाई! अब मैं वृद्ध हुआ, मुझे मरना तो है ही, फिर क्षत्री होकर मृत्यु से क्यों डरूँ? राजपूती में कलंक लगाऊँ, मौत से डर-कर पीछे लौट जाऊँ!'' इस प्रकार कहता हुआ निर्भय सिंह के समान दरबार में पहुँचा और हाथ जोड़कर महाराज से तीर्थ-यात्रा के लिए विदा माँगी। महाराज ने ऊपरी मन से कहा, ''चाचाजी! आपका वियोग हमारे लिए बड़ा दुःखद होगा; परन्तु अब आप वृद्ध हुए हैं, और प्रश्न तीर्थ-यात्रा का है; इसलिए नाहीं भी तो नहीं की जा सकती। ठीक है, जाइए; परन्तु जहाँ तक सम्भव हो शीघ्र ही लौट आइएगा।'' दुर्गादास ने कहा, ''महाराज की जैसी आज्ञा!'' और चल दिया; परन्तु द्वार तक जाकर फिर लौटा। महाराज ने पूछा, ''चाचाजी, क्यों?'' दुर्गादास ने कहा, ''महाराज, अब आज न जाऊँगा, मुझे अभी याद आया, कि महाराज यशवन्तसिंहजी मुझे एक गुप्त कोष की चाभी दे

गये थे; परन्तु अभी तक मैं न तो आपको गुप्त खजाना ही बता सका और न चाभी ही दे सका; इसलिए वह भी आपको सौंप दूँ, तब जाऊँ। क्योंकि अब मैं बहुत वृद्ध हो गया हूँ, न-जाने कब और कहाँ मर जाऊँ? तब तो यह असीम धनराशि सब मिट्टी ही में मिल जाएगी। यह सुनकर अजीतसिंह को लोभ ने दबा लिया। संसार में ऐसा कौन है, जिसे लोभ ने न घेरा हो? किसने लोभ-देवता की आज्ञा का उल्लंघन किया हो? सोचने लगा, यदि मेरी आज्ञानुसार, दुर्गादास कहीं मारा गया, तो यह सम्पत्ति अपने हाथ न आ सकेगी। क्या और कोई अवसर न मिलेगा? फिर देखा जाएगा। यह विचार कर अपने मित्रों को संकेत किया। इसका आशय समझकर एक ने आगे बढ़ कर, नियुक्त पुरुष को वहाँ से हटा दिया। इस प्रकार धोखे के धन का लालच देकर चतुर दुर्गादास ने अपने प्राणों की रक्षा की। घर आया, हथियार लिये, घोड़े पर सवार हुआ और महाराज से कहला भेजा, कि दुर्गादास कुत्ते की मौत मरना नहीं चाहता था, रण-क्षेत्र में जिस वीर की हिम्मत हो आवे। अजीतसिंह यह सन्देश सुनकर काँप गया। बोला, "दुर्गादास जहाँ जाना चाहे, जाने दो। जो औरंगज़ेब सरीखे बादशाह से लड़कर अपना देश छीन ले, हम ऐसे वीर पुरुष का सामना नहीं कर सकते।"

वीर दुर्गादास इस प्रकार महाराज अजीतसिंह से विरक्त होकर और अपनी उज्ज्वल कीर्ति के फलस्वरूप अनादर और उपेक्षा पाकर उदयपुर चला गया। यहाँ उस समय राणा जयसिंह अपने पूज्य पिता राणा राजसिंह के बाद गद्दी पर बैठे थे। अजीतसिंह का ऐसा बुरा बर्ताव सुनकर उन्हें बड़ा क्रोध आया। परस्पर का मित्र-भाव छोड़ दिया। वीर दुर्गादास को अपने परिवार जन की भाँति मानकर जागीर प्रदान की।

❑ ❑ ❑